मेरे मंच की सरगम
मेरा थियेटर मेरे गीत

पीयूष मिश्रा

परिचय मुमकिन नहीं, न ही उन्हें पसन्द है। दोस्तों में 'पीयूष भाई' छात्रों में 'सर' 1983–2003 तक दिल्ली में थियेटर किया। आजकल मुम्बई सिनेमा नगरी में व्यस्त हैं। इस उम्मीद के साथ कि बदलाव वहाँ भी होगा।

लेखक की अन्य किताबें

जब शहर हमारा सोता है (नाटक)
गगन दमामा बाज्यो (नाटक)
वो अब भी पुकारता है (नाटक)
सन् 2025 उर्फ़ इन्सीडेंट एट ट्वाइलाइट (नाट्य रूपांतरण)
कुछ इश्क़ किया कुछ काम किया (शायरी और कविता-संग्रह)
तुम मेरी जान हो रज़िया बी (कविता-संग्रह)
आरम्भ है प्रचण्ड (गीत)
तुम्हारी औक़ात क्या है पीयूष मिश्रा

पीयूष मिश्रा

मेरे मंच की सरगम

मेरा थियेटर मेरे गीत

राजकमल पेपरबैक्स

राजकमल पेपरबैक्स में
पहला संस्करण : 2014
छठा संस्करण : 2025

राजकमल पेपरबैक्स : उत्कृष्ट साहित्य के जनसुलभ संस्करण

राजकमल प्रकाशन प्रा.लि.
1-बी, नेताजी सुभाष मार्ग, दरियागंज
नई दिल्ली-110 002
द्वारा प्रकाशित

शाखाएँ : अशोक राजपथ, साइंस कॉलेज के सामने, पटना-800 006
पहली मंजिल, दरबारी बिल्डिंग, महात्मा गांधी मार्ग, प्रयागराज-211 001
1, अनमोल सोराबजी सन्तुक लेन, धोबी तलाव, मरीन लाइंस, मुम्बई-400 002

वेबसाइट : www.rajkamalprakashan.com
ई-मेल : info@rajkamalprakashan.com

विकास कंप्यूटर एंड प्रिंटर्स
ट्रॉनिका सिटी-201 102
द्वारा मुद्रित

मूल्य : ₹ 250

MERE MANCH KI SARGAM
by Piyush Mishra

ISBN : 978-81-267-2647-9

नाट्य-मंचन से पूर्व लेखक की अनुमति लेना अनिवार्य है।

अभिनय की बाराखड़ी सिखाने वाले
स्व. श्री फ्रीट्ज़ बेनेवीट्ज़ के नाम

मेरे आध्यात्मिक गुरु
स्व. श्री सत्यनारायण गोयनका जी के नाम

स्व. माँ, जोश, जय और प्रिया के नाम
और मेरे सारे दोस्तों के नाम
जो कि कम्बख़्त बहुत सारे हैं...

आभार

विशाल भारद्वाज
मनोज वाजपेयी
तिग्मांशु धूलिया
अनुराग कश्यप
इरफ़ान ख़ान
सुजीत सरकार
साक्षी तँवर
हर्ष खुराना
रितेश शाह
ब्रिजेश
असीम बजाज
डॉ. दिनेश शर्मा
प्रवेश साहनी
स्वानंद किरकिरे
आभा नारायण लाम्बा
प्रवीण वडेरा
शेफाली भूषण
अर्जुन बग्गा
सबया सुल्ताना
एवं समस्त *एक्ट वन* परिवार

मेरी तरफ से...

वो लोग बहुत ख़ुशक़िस्मत थे
जो इश्क़ को काम समझते थे
या काम से आशिक़ी करते थे
हम जीते जी मसरूफ़ रहे
कुछ इश्क़ किया कुछ काम किया
काम इश्क़ के आड़े आता रहा
कभी इश्क़ में काम उलझता रहा
आख़िर में तंग आकर हमने
दोनों को अधूरा छोड़ दिया

फ़ैज़ साहब की इस ख़ूबसूरत नज़्म के आख़िरी शेर से मेरा इत्तेफाक़ नहीं। काम मुसलसल जारी है और रहेगा। बाक़ी इश्क़ को अधूरा छोड़ना वैसे भी पाप है और 'पापी आशिक़' से शर्मनाक कोई दर्जा नहीं। तो इसे यूँ कहते हैं कि...

वो काम भला क्या काम हुआ
जिस काम का बोझा सर पे हो
वो इश्क़ भला क्या इश्क़ हुआ
जिस इश्क़ का चर्चा घर पे हो

या यूँ भी कह सकते हैं कि...

वो काम भला क्या काम हुआ
जिसमें साला दिल रो जाए
वो इश्क़ भला क्या इश्क़ हुआ
जो आसानी से हो जाए

और फिर तो यूँ भी होगा कि...

वो काम भला क्या काम हुआ
जिसकी ना शक्ल इबादत हो
वो इश्क़ भला क्या इश्क़ हुआ

जिसकी दरकार इजाज़त हो

और अगर यूँ हो गया तो बुरा क्या...

वो काम भला क्या काम हुआ
कि सुस्त ज़िन्दगी हरी लगे
वो इश्क़ भला क्या इश्क़ हुआ
कि 'लेडी मैकबेथ' परी लगे

मतलब कुल मिलाकर बात ये बनती है कि...

काम बिन तो भाये ना नाज़नीं की सिसकी
ना कराची हलवा ना रम ना जिन ना व्हिस्की
और इश्क़ बिन जो काम है वो कर सको तो कर लो
पर दिल दिमाग जिस्म के लिए है ख़ासा रिस्की

बहरहाल! अफ़वाह है कि मेरा जन्म ग्वालियर ज़िले में सन् साठ के पूर्ववर्ती वर्षों में हुआ। बाक़ी मैंने जब होश सँभाला तो मैं सन् 1990 में अपने थियेटर ग्रुप 'एक्ट वन आर्ट ग्रुप नई दिल्ली' की बाँहों में था। उससे पहले अगर कुछ याद है तो चंद उँगलियों पर गिने जाने वाले दोस्त जो एक हथेली में ख़र्च हो जाएँगे, प्लस टू के बाद राष्ट्रीय नाट्य विद्यालय दिल्ली में प्रवेश, सन् 1983 से 1986 तक वहाँ का प्रवास, 'हैमलेट', 'नेक्रासोव' और 'मैन इक्वल्स मैन', स्व. फ्रिट्ज बेनेविट्ज नाम के गुरु और श्री रंजीत कपूर और श्री नसीरुद्दीन शाह जैसे सम्मानित सीनियरों से मुलाकात, राष्ट्रीय नाट्य विद्यालय रंगमंडल में 18 दिन की पेशेवर हवाखोरी, 1989 में मुंबई कूच और 1990 में दिल्ली वापसी। और उसके बाद 'एक्ट वन' से निकाह, उससे तलाक और फिर से निकाह! अब आता है थियेटर...

चंद बदरंग ब्रोश्योर, चंद फटे हुए टिकिट
बाद मरने के मेरे घर से ये सामाँ निकला

थियेटर क्यों शुरू किया, क्यों करते रहे और क्यों करते रहेगे, इसका जवाब ना तो बनता है और ना ही देने का मूड है! बस मज़ा आता है। और ज़िंदा रहने में और 'मज़े से ज़िंदा रहने में' बहुत फ़र्क़ है! क्योंकि ऐसे भी लोग हैं कि...

बीवी के चंद बोसे बच्चों की थोड़ी गोदी
और बढ़ रहा रुपैया और तन रही है कोठी

पर कोठी तीसरे या चौथे माले पर जा के ख़त्म हो जाती है। उससे ऊपर की ऊँचाई मापने के लिए वजूद के सामने एक सवाल खड़ा करना पड़ता है...'मैं क्यों हूँ?' थियेटर इसी सवाल का जवाब खोजने में मददगार रहा!

एक्टिंग शुरू में शौक था। फिर रोग बना। फिर पागलपन में तब्दील हो गया। अब ये ताज़िंदगी रहेगा क्योंकि देर काफी हो चली। बाक़ी एक्टिंग न करूँ तो कुछ

भी नहीं कर सकता...इस तथाकथित 'क्रिएटिविटी' से लेकर बेटों को प्यार करने तक।

1990 से लेकर 2003 के बारे में क्या लिखूँ! 1/6 पंत नगर से क्यू-25 जंगपुरा तक और आई-97 लाजपत नगर से बी-1, साईं मिलन, मुंबई से गुजरता हुआ जब आज 303 ए, लिंक पैलेस में बस चुका हूँ, तो ये सारा वक़्त सिर्फ़ चौबीस में से अड़तालीस घंटे लगातार काम करने के लिए याद आता है! ये गाने इसी दौर की पैदावार हैं। और इसलिए इनकी याद में उस वक़्त का पसीना हमेशा मुखर और प्रखर रहेगा।

इस संकलन में मेरी व्यक्तिगत शायरी या सिनेमा के गीत नहीं है। ये सिर्फ़ मेरे थियेटर के गीत हैं जिनको संगीतबद्ध या कम्पोज़ किया जा चुका है! इस संकलन में ये अपने 'अपने ओरिजिनल फार्म' में हैं और इन पर मुझसे ज़्यादा मेरे उन करोड़ों दोस्तों का हक है जिनकी बढ़ती हुई तादाद से मेरा ख़ुदा भी मुझे नहीं बचा सकता।

यह संकलन पहले 'एक्ट वन पब्लिकेशन' ने छापा था। बीच में लम्बे समय तक यह बाजार से बाहर रहा। अब यह राजकमल प्रकाशन से नए रूप में पाठकों के सामने आ रहा है, इसके लिए मैं अपने दोस्त राजकमल प्रकाशन के संपादकीय निदेशक सत्यानन्द निरुपम का धन्यवाद करता हूँ।

इस सारे दौर में एक बंदे की छाया हमेशा रहेगी! एन.के. शर्मा मेरी ज़िंदगी में बिना दरवाज़ा खटखटाए घुस आता था और फिर कम्बख़्त ने कभी जाने का नाम नहीं लिया! बेशर्मों का आप कुछ नहीं कर सकते छोड़ उनको बेशर्मी सहित क़बूल करने के! तो वो कर लिया गया!

बहरहाल ये गीत उस दौर के नाम जिसमें मैंने बड़ा होना सीखा...।

...उन सबके नाम जिनको धोखा दे कर मैंने ये जाना कि मुझे ऐसा नहीं करना चाहिए था।

...उन सबके नाम जिनसे मिले धोखे ने मुझे माफ़ी देने के महान गुण से परिचित कराया!

...और उन सबके नाम जिन्होंने मुझमें आस्था प्रकट कर 'सर' या 'पीयूष भाई' कह के शर्मिंदा किया!

एक्टिंग ज़िंदाबाद... थियेटर ज़िदाबाद... और अब थोड़ा-थोड़ा सिनेमा भी ज़िंदाबाद!

धन्यवाद!

पीयूष मिश्रा

अनुक्रम

होली...

री मेरी संस्कृति

संस्कृति...री मेरी संस्कृति...
री मेरी संस्कृति हाय हाय री मेरी संस्कृति
मेरी संस्कृति के जूते का तल्ला निकल गया
मेरी संस्कृति के माथे का पल्ला फिसल गया
मेरी संस्कृति ने ढेरों मुर्दे नीचे गाड़ दिए
मेरी संस्कृति ने गाड़े मुर्दे फिर उखाड़ दिए
री मेरी संस्कृति...री मेरी संस्कृति...
गड़े मुर्दों को फिर उखाड़ मेरी संस्कृति औंधी
उन्हें फिर से जलाने की तमन्ना अंदर से कौंधी
गड़े मुर्दों की गंदी बदबू से कुनबा महक उठा
उन्हें फिर से जलाया लपटों से कूचा दहक उठा
री मेरी संस्कृति...री मेरी संस्कृति...
मेरी संस्कृति ने छुट्टे साँड़ हर खेत में छोड़े
मेरी संस्कृति के घोड़े हर दहलीज पे दौड़े
मेरी संस्कृति आदम के सीधे सर पे जा चढ़ी
मेरी संस्कृति के बोझ से हव्वा चिल्ला पड़ी
री मेरी संस्कृति...री मेरी संस्कृति...
सदियों पहले मैंने इक ऐलान होते देखा
संस्कृति में संस्कृत को मेहमान होते देखा
चौबे की चुटिया पकड़े भगवान सोते देखा
संस्कृति की पौंद पे इनसान रोते देखा
मेरी संस्कृति...री मेरी संस्कृति...
पांचाली को पाँच पति में दान होते देखा
सीता जैसी औरत को बदनाम होते देखा
सती-कांड भी मैंने सरेआम होते देखा

संस्कृति का औरत पे अहसान होते देखा
मेरी संस्कृति...री मेरी संस्कृति...
बाप ने भेजा मुझको आई.ए.एस. के कोचिंग सेंटर
अब बाप क्या जाने लौंडे ने बनना चाहा था एक्टर
आई.ए.एस. में फेल हुआ तो बाप पड़ा चिल्लाकर
पुत्र धर्म से विमुख हुआ गिर जा कुएँ में जाकर
मेरी संस्कृति...री मेरी संस्कृति...
टीचर से बोला मैं सर जी चैप्टर एक नया है
केमिस्ट्री का कोर्स अभी भी पूरा नहीं हुआ है
टीचर बोला द्रोणाचार्य हूँ मैं बालक समझा तू
एकलव्य बन जा दूरी से सीख निकट नहीं आ तू
मेरी संस्कृति...री मेरी संस्कृति
बी.ए. की डिग्री का मैंने कोन बना के बेचा...ऊह
एम.ए. की डिग्री में मैंने दही जमा के बेचा...आह
थीसिस-पेपर पंसारी को सुना-सुना के बेचा...आऊच
अपनी सारी नॉलेज घंटी टना-टना के बेचा
मेरी संस्कृति...री मेरी संस्कृति...
री मेरी संस्कृति हाय-हाय री मेरी संस्कृति...

वो सुहाने दिन

वो सुहाने दिन
आशिक़ाने दिन
ओस की नमी में भीगे
वो पुराने दिन
दिन गुज़र गए
हम ठहर गए
पीछे मुड़ के देखा पाया
सब किधर गए
अकेले हैं खड़े
क़दम नहीं बढ़े
चल पड़ेंगे जब भी कोई
राह चल पड़े
जाएँगे कहाँ
है कुछ पता नहीं
कह रहे हैं 'वो' कि उनकी
है ख़ता नहीं
वो सुहाने दिन
आशिक़ाने दिन
ओस की नमी में भीगे
वो पुराने दिन...

फ्रेंच लीव!

फ्रेंच लीव...हाँ हाँ फ्रेंच लीव
एनफ्रेंच लीव...हाँ हाँ फ्रेंच लीव
अरे मितराँ की लीव हाँ हाँ फ्रेंच लीव
फ्रॉम मॉर्निंग टू ईव हाँ हाँ फ्रेंच लीव
बट डू यू बिलीव इन फ्रेंच लीव?
येस आई डू बिलीव इन फ्रेंच लीव
आई हाइली बिलीव इन फ्रेंच लीव
आई रियली बिलीव इन फ्रेंच लीव
बट व्हाई यू बिलीव इन फ्रेंच लीव?
हा हा हू हू का मौका है मिलता मुझे
अरे सुस्सू का मौका है मिलता मुझे
अरे भगने का मौका है मिलता मुझे
और हगने का मौका है मिलता मुझे
अरे फ्रेंच लीव...अरे फ्रेंच लीव
मैं तो पेड़ों पे चढ़ करके चिल्लाऊँगा
मैं तो छतरी लगा करके सो जाऊँगा
मैं तो कुत्ते बुलाकर के भौंभौं सुनूँगा
मैं बिल्ली की म्याऊँ पे टर्राऊँगा
अरे फ्रेंच लीव...अरे फ्रेंच लीव
मैं तो पौआ लगा करके सो जाऊँगा
मैं तो सिगरेट के धुएँ को सहलाऊँगा
मैं तो कीचड़ में घुस करके फच-फच करूँगा
मैं नद्दी पे जा करके बह जाऊँगा
हाँ हाँ फ्रेंच लीव...हाँ हाँ फ्रेंच लीव
मैं तो पीली-पीली धूप को घर लाऊँगा

मैं तो गीली-गीली चादर को झड़काऊँगा
मैं तो लौंडिया को देखूँगा झाँक-झाँक कर
मैं ततैया पकड़ करके उड़ जाऊँगा
हाँ हाँ फ्रेंच लीव...हाँ हाँ फ्रेंच लीव
मैं तो कमरे पे जा करके लैटर पढ़ूँगा
अपने खेतों की यादों का स्वेटर बुनूँगा
और सिसकी भरूँगा अम्माँ को याद कर
संग में चम्पा की शादी की चिंता करूँगा
फ्रेंच लीव...हाँ हाँ फ्रेंच लीव
अपने सपनों की गठरी कंधे पे लादकर
मैं तो तारों की दुनिया में सैर करूँगा
जाने वाली सुबह को पॉकेट में डालकर
मैं परिन्दों की दुनिया पे पाँव धरूँगा
हाँ हाँ फ्रेंच लीव...हाँ हाँ फ्रेंच लीव
फ्रॉम मॉर्निंग टू ईव हाँ हाँ फ्रेंच लीव
वी डू बिलीव इन फ्रेंच लीव
वी हाइली बिलीव इन फ्रेंच लीव
वी टूली बिलीव इन फ्रेंच लीव
वी वांट टू रिलीव इन फ्रेंच लीव

यारा

यारा...
ओ मेरे दिलदारा ओ हो हो हो
यारा...
ओ मेरे दिलदारा...
मैं तो चंदा की दुनिया से तेरे लिए आया यारा
चाँदनी को समेटे मैं तेरे लिए लाया यारा
अपनी धड़कन को धीरे से बहलाकर
अपनी साँसों को हौले से सहलाकर
मैं ये लम्हा सुकूँ का उठाए चला आया यारा
यारा...

टेंशन

टेंशन ओ हो टेंशन...
इसको तो बस ना ही करो मेंशन...
फेल हो गए तो होती है टेंशन
पास हो गए धंधा ढूँढ़ो टेंशन
धंधा है तो ब्याह रचाओ टेंशन
ब्याह हुआ तो बच्चे पालो टेंशन
बाप रिटायर तो होती है टेंशन
अम्मा रोती तो होती है टेंशन
बहन जवाँ हो गई तो होती टेंशन
जेब है ख़ाली पेट है भूखा टेंशन
ये तो ऐसी बीवी है
नहीं कहीं भी सीधी है
इसपे डालो थोड़ा फोर्स
और दे दो इसको डाइवोर्स
और बँधवा दो इसकी साली की पेंशन
टेंशन ओ हो टेंशन...

जब शहर हमारा सोता है...

जब शहर हमारा सोता है

सन्नाटा वीराना
ख़ामोशी अनजानी
ज़िंदगी लेती है
करवटें तूफ़ानी
घिरते हैं साये घनेरे से
रूखे बालों को बिखेरे से
बढ़ते हैं अँधेरे पिशाचों से
काँपे है जी उनके नाचों से
कहीं पे वो जूतों की खट-खट है
कहीं पे अलावों की चट-चट है
कहीं पे हैं झींगुर की आवाज़ें
कहीं पे वो नलके की टप-टप है
कहीं पे वो काली-सी खिड़की है
कहीं वो अँधेरी सी चिमनी है
कहीं हिलते पेड़ों का जत्था है
कहीं कुछ मुँडेरों पे रक्खा है
ज़िंदगी थक पड़ी है, रुक गई हर घड़ी है
साथ सायों ने छोड़ा है, दायरा छूट दौड़ा है...
सुनसान गली के नुक्कड़ पर जो कोई कुत्ता चीख़-चीख़कर रोता है
वो लैम्प-पोस्ट की गंदली पीली घुप्प रोशनी में कुछ-कुछ सा होता है
जब कोई साया ख़ुद को थोड़ा बचा-बचाकर गुम सायों में खोता है
जब पुल के खंभों को गाड़ी का गरम उजाला धीमे-धीमे धोता है
जब कहती हैं आवाज़ें धीमे-धीमे गुपचुप गुपचुप कोई दास्तान
जब होती है ख़ामोशी बंद अँधेरों की शक्लो-सूरत पर मेहरबान
जब अलसाया शैतान उबासी लेकर अपने जबड़े ख़ूँ से धोता है

जब अँगड़ाई को तोड़ चहलक़दमी करने की तैयारी में होता है
तब शहर हमारा सोता है...
जब शहर हमारा सोता है तो मालूम तुमको हाँ क्या क्या होता है
इधर जागती हैं लाशें ज़िंदा हो मुर्दा उधर ज़िंदगी खोता है
इधर चीख़ती है इक हव्वा ख़ैराती उस अस्पताल में बिफरी सी
हाथ में उसके अगले ही पल गरम मांस का नरम लोथड़ा होता है
उधर गली के पत्थर को जकड़े सूखी लकड़ी के जैसे हाथों से
एक बुढ़ापा डरा-डरा सा आँख को खोले जागा-जागा सोता है
इधर क़ाफ़िला लेकर अपना फुटपाथों पर पड़ी मुफ़लिसी होती है
उधर आबरू खोकर आती इक हव्वा की बेटी देखो रोती है
इधर उठी हैं तक़रारे जिस्मों के झटपट लेन-देन में ऊँची सी
उधर घाव से रिसते ख़ूँ को दूर गुज़रती आँखें देखें रूखी सी
लेकिन उस कोने के रंग-बिरंगे होटल में गुंजाइश होती है
नशे में डूबे ज़ेहन से ख़ूँखार चुटकुलों की पैदाइश होती है
अधनंगे जिस्में की देखो लिपी-पुती सी लगी नुमाइश होती है
लार टपकते चेहरों को कुछ शैतानी करने की ख़्वाहिश होती है
वो पूछे हैं हैराँ होकर
ऐसा सब-कुछ होता है कब
तो बतलाओ तो उनको ऐसा तब तब तब तब होता है
जब शहर हमारा सोता है...

मेरी वर्दी ये कहती है

मेरी वर्दी ये कहती है, जागे रहो
मेरा बिल्ला ये कहता है, जागे रहो
मेरा डंडा ये कहता है, जागे रहो
मेरा धंधा ये कहता है, जागे रहो
मेरी सरकार कहती है, जागे रहो
उसकी दरकार कहती है, जागे रहो
सोने दो उसको जो सोता है कोई
तुम तो सपनों से भागे रहो...
मेरा जूता ये कहता है जागे रहो
मेरा बूता ये कहता है जागे रहो
मेरी हस्ती ये कहती है जागे रहो
फ़ाक़ामस्ती ये कहती है जागे रहो
मेरा क़ानून कहता है जागे रहो
उसका मज़मून कहता है जागे रहो
जागो मगर हाँ हाँ देखो नहीं कुछ
जागने में बस आगे रहो...
मेरी तनख़्वाह ये कहती है जागे रहो
मेरी कड़की ये कहती है जागे रहो
थोड़ा मैं भी कमा लूँ हाँ जागे रहो
थोड़ा मैं भी तो खा लूँ हाँ जागे रहो
मैं परेशान रहता हूँ जागे रहो
होके हैरान कहता हूँ जागे रहो
जागे रहो वरना मैं क्या करूँगा
इसको सोचने में लागे रहो
मेरी वर्दी ये कहती है...

यारा...ओ मौला

यारा ओ मौला...
हाँ हाँ यादों में है अब भी क्या सुरीला वो जहाँ था
हमारे हाथों में रंगीन ग़ुब्बारे थे और दिल में महकता समाँ था
यारा ओ मौला
वो किताबों की थी दुनिया वो तो ख़्वाबों की थी दुनिया
साँस में थे मचलते हुए ज़लज़ले, आँख में वो सुहाना नशा था
यारा ओ मौला...
वो ज़मीं थी आसमाँ था, हमको लेकिन क्या पता था
हम खड़े थे जहाँ पर उसी के किनारे पे गहरा सा अंधा कुआँ था
यारा ओ मौला...
फिर वो आए भीड़ बनकर
हाथ में थे उनके खंजर
बोले फेंको ये किताबें
और सँभालो ये सलाखें
ये जो गहरा सा कुआँ है
हाँ हाँ अंधा तो नहीं है
उस कुएँ में है ख़ज़ाना
कल की दुनिया तो यहीं है
कूद जाओ लेके ख़ंजर
काट डालो जो हो अंदर
तुम ही कल के हो शिवाजी
तुम ही कल के हो सिकंदर
हमने वो ही किया जो उन्होंने कहा क्योंकि उनकी तो ख़्वाहिश यही थी
हम नहीं जानते ये भी क्यों ये किया क्योंकि उनकी फ़रमाइश यही थी
अब हमारे लगा ज़ायका ख़ून का अब बताओ करें तो करें क्या
नहीं है कोई जो हमें कुछ बताए बताओ करें तो करें क्या

उजला ही उजला

उजला ही उजला शहर होगा जिसमें हम तुम बनाएँगे घर
दोनों रहेंगे कबूतर से जिसमें होगा ना बाज़ों का डर
मखमल की नाज़ुक दीवारें भी होंगी
कोनों में बैठी बहारें भी होंगी
खिड़की की चौखट भी रेशम की होगी
चंदन से लिपटी हाँ सेहन भी होगी
संदल की ख़ुशबू भी टपकेगी छत से
फूलों का दरवाज़ा खोलेंगे झट से
डोलेंगे महकी हवा के हाँ झोंके
आँखों को छू लेंगे गर्दन भिगो के
आँगन में बिखरे पड़े होंगे पत्ते
सूखे से नाज़ुक से पीले छिटक के
पाँवों को नंगा जो करके चलेंगे
चर-पर की आवाज़ से वो बजेंगे
कोयल कहेगी कि मैं हूँ सहेली
मैना कहेगी नहीं हूँ अकेली
बत्तख़ भी चोंचों में हँसती सी होगी
बगुले कहेंगे सुनो अब उठो भी
हम फिर भी होंगे पड़े आँख मूँदे
कलियों की लड़ियाँ दिलों में हाँ गूँधे
भूलेंगे उस पार के उस जहाँ को
जाती है कोई डगर...
चाँदी के तारों से रातें बुनेंगे तो चमकीली होगी सहर
उजला ही उजला शहर होगा जिसमें हम तुम बनाएँगे घर
आओगे थककर जो हाँ साथी मेरे

काँधे पे लूँगी टिका साथी मेरे
बोलोगे तुम जो भी हाँ साथी मेरे
मोती सा लूँगी उठा साथी मेरे
पलकों की कोरों पे आए जो आँसू
मैं क्यों डरूँगी बता साथी मेरे
उँगली तुम्हारी तो पहले से होगी
गालों पे मेरे तो हाँ साथी मेरे
तुम हँस पड़ोगे तो मैं हँस पड़ूँगी
तुम रो पड़ोगे तो मैं रो पड़ूँगी
लेकिन मेरी बात इक याद रखना
मुझको हमेशा ही हाँ साथ रखना
जुड़ती जहाँ ये ज़मीं आसमाँ से
हद हाँ हमारी शुरू हो वहाँ से
तारों को छू लें ज़रा सा सँभल के
उस चाँद पर झट से जाएँ फिसल के
बह जाएँ दोनों हवा से निकल के
सूरज भी देखे हमें और जल के
होगा नहीं हम पे मालूम साथी
तीनों जहाँ का असर...
राहों को राहें भुलाएँगे साथी हम ऐसा हाँ होगा सफ़र
उजला ही उजला शहर होगा जिसमें हम तुम बनाएँगे घर

शायद ख़ुदा ने

शायद ख़ुदा ने ख़ुदी को छुआ था
शायद ख़ुदा को कहीं कुछ हुआ था
शायद उसे याद कुछ आया होगा
शायद वो ख़ुद ही में मुसकाया होगा
शायद बुला करके उसने सबा को
धीरे से हाँ कुछ सुनाया है
कि ओ सबा तुम रुको एक पल मेरे
होंठों पे इक नग़मा आया है
नेकी की ख़ुशबू से सींचा हुआ है
जज़्बों के रंग से नहाया है
फूलों की नाजुक छुअन से भरा है
ईमान हाँ इसका साया है
कह करके उसने भी सोचा तो होगा
बाक़ी के सारे जहाँ का क्या होगा
फिर उसने सारे जहाँ को उनींदी सी
नींदों से ख़ुद ही जगाया है
ईजाद का अपना ब्योरा वो सारा
इतरा–इतरा के बताया है
बोला वो होगा यही है वो नग़मा
क़ुदरत भी जिसमें समाया है
देता हूँ इसको अभी नाम 'इश्क़' मैं
इसको तो मैंने बनाया है
तब से ही बैठी है हर इक 'तराना'
चौखट का अपने बनाए सिरहाना
हाँ उस ख़ुदा का ही अरमान लेकर

हाँ उस ख़ुदा का ही फ़रमान लेकर
पलकों से उसने तुम्हारी है राहें
धड़कन से उनको सजाया है
आँसू की बूँदों का छिड़काव करके
साँसों से उनको सुखाया है
देखो गुज़रती हवा मुझसे बोले
जाता हुआ कारवाँ मुझसे बोले
पहुंचा हुआ क़ाफ़िला मुझसे बोले
तुमसे लिया हौंसला मुझसे बोले
अठखेली करती वो बगुलों की जोड़ी
पंखों को अपने हिला मुझसे बोले
गाता हुआ एक बंजारा आकर
अपनी कहानी को गा मुझसे बोले
तुम आओगे वो कहानी मैं दूँगी
नेकी की अपनी निशानी मैं दूँगी
जो माँग लोगे हाँ हामी मैं दूँगी
दीये की लौ से सलामी मैं दूँगी...

रात ये आती है

रात ये आती है
साथ ये लाती है
ग़ुब्बारा ख़ून का
फव्वारा ख़ून का
नवकारा ख़ून का
टंकारा ख़ून का
फनियर कहेंगे कि ख़ून आज रात को
उनको मिलेगा सुकून आज रात को
नाचेगा सर पे जुनून आज रात को
चाकू को लेंगे वो चूम आज रात को
आए तो नज़दीक थोड़ी ये रात ज़रा...
...देखी ये फूलों की
बिखरी है सेज भी
इसको जो छू लोगे
हो जाऊँगी मैं मगन
लेकिन हाँ आना तुम
ये ही मैं कहती सनम
ऐसा ना हो कहीं
बढ़ जाए ये थकन
साथी रे...
...रात ये आती है
साथ ये लाती है
पिचकारा ख़ून का
फुंकारा ख़ून का
नज़्ज़ारा ख़ून का

दरकारा ख़ून का
ख़ंजर रहेंगे बेताब आज रात को
बाँचेंगे पूरा हिसाब आज रात को
देंगे वो पूरा जवाब आज रात को
कर देंगे ख़ाना ख़राब आज रात को
आए तो नज़दीक थोड़ी ये रात ज़रा...
...ओ मेरे साथी रे
रात ये गाती रे
उमंगों के साये में बैठी है
शम्माँ इसे आज़माती रे
वो कहती है यही
वो कहती जाती रे
हाथों में लौ लेके लौटोगे
तो ही जलेगी हाँ बाती रे
ओ मेरे साथी रे...
...देंगे उमेठ उनकी आँत आज रात को
भुट्टे सी काटेंगे लात आज रात को
होगी कटारों की बात आज रात को
लाशों की होगी बारात आज रात को
...होगी सलाखों की चीख़ आज रात को
माँगेगे साले वो भीख आज रात को
थूकेंगे ख़ूनी वो पीक आज रात को
लेंगे वो साले ये सीख आज रात को
...आज रात को ये हवाएँ क्यों रसीली जानम
आज रात को ये फ़िज़ाएँ क्यों नशीली जानम
आज रात क्यों मेरी साँसें सीली-सीली जानम
आज रात क्यों ये निगाहें नीली-नीली जानम
...आज रात को ये समंदर की बातें सुनो
आज रात को मेरे अंदर की बातें सुनो
आज रात को इक पपीहे से मैं हूँ मिला
बोला वो हँस करके देखो इसे क्या हुआ
आज रात को ये तराना क्यों सुरीला जानम
आज रात को ये दीवाना क्यों हठीला जानम...

रात ये आती है
साथ ये लाती है
ग़ुब्बारा ख़ून का
फव्वारा ख़ून का
नक्कारा ख़ून का
टंकारा ख़ून का
पिचकारा ख़ून का
फुंकारा ख़ून का
नज़्ज़ारा ख़ून का
दरकारा ख़ून का

ओ रात के मुसाफ़िर

ओ रात के मुसाफ़िर
तू भागना सँभल के
पोटली में तेरी हो
आग ना सँभल के...
चल तो तू पड़ा है
फ़ासला बड़ा है
जान ले अँधेरे के
सर पे ख़ूँ चढ़ा है
मुकाम खोज ले तू
मकान खोज ले तू
इनसान के शहर में
इनसान खोज ले तू
देख तेरी ठोकर से
राह का वो पत्थर
माथे पे तेरे कस के
लग जाए ना उछल के
ओ रात के मुसाफिर...
माना कि जो हुआ है
वो तूने ही किया है
इन्होंने भी किया है
उन्होंने भी किया है
माना कि तूने हाँ हाँ
चाहा नहीं था लेकिन
तू जानता नहीं कि ये
कैसे हो गया है

लेकिन तू फिर भी सुन ले
नहीं सुनेगा कोई
तुझे ये सारी दुनिया
खा जाएगी निगल के
ओ रात के मुसाफिर
तू भागना सँभल के
पोटली में तेरी हो
आग ना सँभल के...

मैं जाना चाहता हूँ अमेरिका

मैं जाना चाहता हूँ अमेरिका
ख़ूब जाना चाहता हूँ अमेरिका
पी जाना चाहता हूँ अमेरिका मैं
खा जाना चाहता हूँ अमेरिका
...क्या क्या क्या है अमेरिका रे बोलो
क्या क्या क्या है अमेरिका
बस ख़ामख़्वाह है अमेरिका रे बोलो
बस ख़ामख़्वाह है अमेरिका
...सोने की खान है अमेरिका
गोरी-गोरी रान है अमेरिका
मेरा अरमान है अमेरिका रे
हाय मेरी जान है अमेरिका
मैं जाना चाहता हूँ...
...अमरीका में ऐसे क्या-क्या हीरे-मोती जड़े हुए
देखो उसके फुटपाथों पर कितने भूखे पड़े हुए
जिधर उसे दिखती गुंजाइश वहीं-वहीं घुस जाता है
सबकी छाती पर मूँगों को दलना उसको आता है
अमरीका है क्या...कद्दू
अमरीका है क्या...बदबू
अमरीका है क्या ...टिंडा
अमरीका है...मुछमुंडा
अब भी सँभल जाइए हज़रत मान हमारी बात
कि घुसपैठी है अमेरिका
बंद कैंची है अमेरिका
बाप को अपने ना छोड़े

ऐसा वहशी है अमेरिका
...मैं जाना चाहता हूँ अमेरिका
आपको क्या मालूम जगह है वो क्या मीठी-मीठी-सी
...नंगी पिंडली देख के मन में जले है तेज़ अँगीठी-सी
बड़े-बड़े है फ्लाईओवर और बड़ी-बड़ी बिल्डिंगें वहाँ
बड़े-बड़े हीरो-हिरोइन बड़े-बड़े एक्टिंगें वहाँ
जहाँ भी चाहो घूमो मस्ती में कोई ना रोके है
पड़े रहो तुम मौला बनकर कोई भी ना टोके है
इसीलिए चल पड़िए मेरे कहता हूँ मैं साथ
कि रॉल्सरॉइस है अमेरिका
मेरी ख़्वाइश है अमरीका
फरमाइश है अमेरिका रे मेरी
गुंजाइश है अमेरिका
मैं जाना चाहता हूँ अमेरिका
...अमरीका की बात कही तो ख़ूब मटक गए वाह वाह वाह
ये भूले कि वहाँ गए तो ख़तम भटक गए वाह वाह वाह
क्या-क्या है उसके कूचे में जो है नहीं हमारे में
बात करे हमसे कुव्वत इतनी भी नहीं बेचारे में
हम बतलाएँगे उसको ज़िंदादिल कैसे होते हैं
सबकी सोचें महक-महक कर वो दिल कैसे होते हैं
इक बंदा है वहाँ पे जिसका नाम जॉर्ज बुश होता है
छोटे बच्चों पर जो फेंके बम तो वो ख़ुश होता है
ऐसे मुलुक में जा करके क्या-क्या कर पाएँगे जनाब
जहाँ पे चमड़ी के रंग से इंसाँ का होता है हिसाब
इसीलिए हम कहते हैं आली जनाब ये बात
कि हिरोशिमा है अमेरिका
नागासाकी है अमेरिका
वियतनाम के कहर के बाद अब
क्या बाक़ी है अमेरिका
मैं जाना चाहता हूँ अमेरिका
...ये तो फरमा दिया आपने अमरीका क्या होता है
पर रहती हैं आप जहाँ पे वहाँ पे क्या-क्या होता है
इक रहता है बंदा जिसकी ज़ात और कुछ होती है

क़ौम-परस्ती देख के उसकी तकलीफ़ें ख़ुश होती हैं
वो फिरता है यहाँ-वहाँ ये आस लिये कि पहचानो
मुझको भी इस वतन का हिस्सा वतन का टुकड़ा ही मानो
वरना देखो मेरे अंदर भी इक जज़्बा उट्ठेगा
रक्खा है जो हाथ जेब में निकल के ऊपर उट्ठेगा
इसीलिए वो बंदा कहता बार-बार यही बात
कि मैं जाना चाहता हूँ कहीं और...?
...ना...
मैं रहना चाहता हूँ इसी ठौर...?
...ना...
मैं जानना चाहता हूँ वहाँ-वहाँ...?
...ना...
मैं रहना चाहता हूँ यहाँ-वहाँ...?
...ना...
वहाँ...?
...नहीं
तो वहाँ...?
...नहीं
तो वहाँ...?
...नहीं
तो कहाँ...?
...जब कोई ठौर मेरा ना होने की होती है बात...
तो मैं जाना चाहता हूँ अमेरिका
मैं ख़ूब जाना चाहता हूँ अमेरिका
मैं पी जाना चाहता हूँ अमेरिका
मैं खा जाना चाहता हूँ अमेरिका
मैं जाना चाहता हूँ अमेरिका

क्या है क्या है

क्या है क्या है क्या है ये क्या-क्या क्या है...
क्या है क्या है क्या है ये क्या-क्या क्या है...क्या है...क्या-क्या है
जिसने मुझको फिर झकझोर दिया है...
अजब गजब-सा जिसने शोर किया है
क्या है क्या क्या है...
जिसने कोने में हाँ की है आहट क्या है क्या क्या है
जिससे धक धक धक धक होती दहशत क्या है क्या क्या है
फिर भी इक धीमी धीमी मीठी सी क्या है क्या क्या है
सुलग-सुलग पड़ती है आँच दबी-सी क्या है क्या क्या है
बार बार बार हाँ कुछ भड़का है क्या है क्या क्या है
तपी धौंकनी सा ये दिल धड़का है क्या है क्या क्या है
क्या है क्या है क्या है...
कहता है फिर से कुछ ये सन्नाटा क्या है क्या क्या है
रोता है चुपचाप नज़र नहीं आता क्या है क्या क्या है
बढ़ती है बेताबी हरेक जगह से क्या है क्या क्या है
उथल-पुथल होती है ख़ास तरह से क्या है क्या क्या है
अभी अभी अभी कोई बोला है क्या है क्या क्या है
कौन है वो ये राज़ नहीं खोला है क्या है क्या क्या है
क्या है क्या है क्या है...
सँभल के रहना ऐ दिल हो जाए ना मुश्किल
आगाह मुझे करती है हाँ आवाज़ कोई इक़ क़ाबिल
कुछ भी हो सकता है, तू भी तो खो सकता है
फिर आगे ना पछताना मुझको भी मत बतलाना
सोच सोच सोच अभी मौक़ा है क्या है क्या क्या है
देख कहीं कोई आसपास धोखा है क्या है क्या क्या है
क्या है क्या है क्या है...

मदमस्त बोले...हो ज्जाये

मैं भी जब तेरी उमर का था तो सुन ले बे ओ विलास
मैं भी रहता था कुछ कुछ कुछ करने को बेताब
असलम साले हाथ पैर मेरे भी कम ना थे
मुझे रोक लें किसी में साले इतने दम ना थे
लेकिन मेरी बेताबी को
लेकिन मेरी उस्तादी को
इस्तेमाल करने को कोई कहता था मुझसे
अपने सारे दम को लाकर
पैरों में थिरकन को लाकर
कहता था मैं उससे सालो बार-बार यही बात
कि बोलो बोलो हो ज्जाये...
क्या बतलाऊँ चमन था मेरा क्या गुलाब सा ताज़ा
जो इस घर में खिलता था फूल तो उस घर बजता बाजा
गरम जोश हो मस्त शहर में दूर-दूर बिखरा था
हर बंदे की शक्ल पे मानो नूर-नूर निखरा था
फिर भी कोई कभी शिकायत कहीं किसी को होती
तो दूजे बंदे को पहले तो थोड़ी उलझन होती
फिर प्यार से देता थप्पड़ और यही बोलता बात
कि बोलो बोलो हो ज्जाये...
और आज देख लो सालो कि क्या हाल हो गया है हाँ
जब शहर ये पूरा का पूरा बेहाल हो गया है हाँ
अब चिड़िया भी उड़ती है तो वो पाँच बार तो सोचे
किसे बची है फुरसत जो वो गई बहार को सोचे

जवाँ ख़ून है सालो तुम तो कम से कम समझो ये
तुम चाहो तो होगा ये तुम ना चाहो ना हो ये
अब भूल के सब कुछ नाचो और बस करो नाच की बात
कि बोलो बोलो हो ज्जाये...

तबस्सुम तराना...और एक गाना

...कह रहे वो, वो मरा है आज हाँ तराना
क्या बताऊँ, कैसे उनको राज़ हाँ तराना
जानते नहीं कि साथ उसके मैं भी हूँ मरी तराना
ज़िंदगी था, बंदगी था वो मेरी तराना
साँस था वो, हर ख़ुशी था वो मेरी तराना
मेरी आँख में उसी के ख़ून की सुर्ख़ी भरी तराना
मेरा था वो, जैसा भी था मेरा तराना
था मुझी में वो तो था ख़ुदा मेरा तराना
मेरे उस ख़ुदा के साथ ये किसी ने क्यों करी तराना
जानती है तू उसे ओ बावरी तराना
आसरा तू दे रही उसे अरी तराना
जान ले तबस्सुम मगर है आग में भरी तराना...

...ओ तबस्सुम, पूछती है तुमसे ये तराना
ये हुआ जो, ये किसी ने क्या कभी था जाना
वो तुम्हारा था, वो जैसा भी था मैंने माना
हाँ तुम्हारा, ख़ुदा था जानती मैं ये फ़साना
मेरा भी ख़ुदा है एक हाथ जोड़ती उसे बचाना
एक दुनिया, तो उजड़ गई है मैंने माना
जल गया है, एक का तो पूरा आशियाना
फिर भी मुझको, क्या हुआ ना जानती तराना
भूल जाऊँ, उसको ढूँढ़ पाती ना बहाना
तुमने भी किया है इश्क़ तुमको अब बचा है क्या बताना
दे दो उसकी भीख तुमसे भीख माँगती है ये तराना...

जो हो आँखों में ताब

जो हो आँखों में ताब और दिलों में हो ज़लज़ले तो तो तो
थोड़ा दम लीजिए लीजिए
और आगे आगे देखिए कि होता है क्या और निगाहों को चौकन्ना
रख करके...
खेल शुरू कीजिए कीजिए
जो आती है अंदर से ग़मग़ीं आवाजें उनको भींच करके अंदर ही अंदर
ज़रा पी लीजिए लीजिए
बाक़ी ठोकर पे रखिए ज़माने को अपनी और भूल करके छोटी-छोटी बातें
ज़रा जी लीजिए लीजिए
जो सोचेंगे बात बात पर कि हाँ बचपन को खोया हमने
जो बोलेंगे बात बात पर कि जवानी को रोया हमने
जो माँगेंगे बार बार भीख इस बात की कि देखो-देखो
जो चीख़ेंगे बार बार चीख़ इस बात की कि देखो-देखो
ज़माने तेरे सारे दाग़ों को आँसू से धोया हमने
जो बोलता है कोई हाँ हाँ आवारा बंदे हैं तो तो तो
बोलने भी दीजिए...
बाक़ी ठोकर पे...
करते हैं वो ही जो हमको सिखाया ज़माने ने
इसने और उसने फलाने फुलाने फलाने ने
जो रोपी थी चीज़ कभी अंदर हमारे उन्होंने ही
जो बोया था बीज कभी अंदर हमारे उन्होंने ही
उन्हीं का है दोष उसे पानी भिगो के उगाने में
जो परेशान हमसे ज़माना है आज उसको
थोड़ा परेशान और
होने भी दीजिए...
बाक़ी ठोकर पे रखिए...

सुनो रे क़िस्सा उर्फ़ एक थी सीपी एक थी सीली...

क़िस्सा तोता मैना बोलूँ

क़िस्सा तोता मैना बोलूँ
नो नो नो
तो बारह मन की धोबन वाला
नो नो नो
तो बीरबल की खिचड़ी ठीक
नो नो नो
तो दास्ताने लैला मजनूँ
नो नो नो
क़िस्सा तोता मैना...नो
तो बारह मन की धोबन...नो
तो बीरबल की खिचड़ी...नो
तो दास्ताने लैला मजनूँ
नो नो नो नो नो
...तो क्या सुनोगे बाप?
...थोड़ा-थोड़ा मीठा हो थोड़ा-थोड़ा प्यारा हो
दुनिया का हो मगर दुनिया से न्यारा हो
थोड़ी सी हो गुदगुदी थोड़ा सा हो चटपटा
थोड़े-थोड़े आँसू हों पर ज़्यादा ना हो अटपटा
वैसा वाला क़िस्सा गर सुनाओ तब तो जाने जिससे
याद रक्खें तुमको जॉनी...
...नहीं यार...
क्यों-क्यों
...वैसा वाला क़िस्सा पॉलिटिकल नहीं है...ना हो
वैसे वाले क़िस्से में रिलीजन नहीं है...ना हो
वीमन लिबरेशन पे डिस्कशन नहीं है...ना हो

आने वाली पोलिंग का डिसीजन नहीं है...ना हो
ना तो दंगे की ख़बर है...अच्छा है यार
देश मुलुक में कितने मर गए
ना ही इसका कोई ज़िकर है...चाहिए भी नहीं
नारेबाज़ी है नहीं और फ़िकरेबाज़ी है नहीं
तो क्या सुनोगे ख़ाक
...अरे बोला ना बाप
थोड़ी सी हो गुदगुदी थोड़ा सा हो चटपटा
थोड़े-थोड़े आँसू हों पर ज़्यादा ना हो अटपटा
वैसा वाला क़िस्सा गर सुनाओ तब तो जानें जिससे
याद रक्खें तुम को जॉनी
...ओ के
तो लो सुनो शुरू होती है ये कहानी
बात ज़्यादा है नहीं ये पुरानी
दो थे वो हाँ दो ही थे
जन्मे थे इक कोख से
फिर भी कैसे कट गए
दो सिरों में बँट गए
छोड़ क़ुदरत के किसी ने ना जानी
लो सुनो शुरू...
तुमने देखी है कभी
एक अम्माँ ऐसी भी
जिसने अपने हाथ से
कोख फूँकी राख से
कैसे कर बैठी वो ये नादानी
लो सुनो शुरू...
...वो अम्माँ कहाँ है जॉनी जिसने किया था ये
कहो तो उठा के लाएँ उसको यहाँ
लाओ लाओ लाओ अम्माँ को लाओ रे
बाबू लोगों को पूरा क़िस्सा सुनाओ
...बात है ये उस सपनीली दुनिया की जब मैं
सत्रह बरस की थी
बात है ये उस चमकीली दुनिया की जब मैं

सत्रह बरस की थी
सपनों के नीले-पीले रथ पे सवार देखो
आएगा मेरा प्यारा राजकुमार देखो
सपनों के...
सोच-सोच के मैं कभी इतराती थी कभी शरमाती थी
कभी बल खाती थी कभी मर जाती थी
बात है ये उस
रंगीली दुनिया की जब मैं
सत्रह बरस की भी...
फिर आया जो प्यारा सा राजकुमार देखो
सपनों के नीले-नीले रथ पे सवार देखो
बोला मेरी जान तू है तो है ज़िंदगी
मर जाऊँगा मैं यहीं पर जो तू ना मिली
साँसों में तेरी समंदर सा है
बाँहों में तेरी बवंडर सा है
होंठ तेरे व्हिस्की के प्याले से हैं
गाल तेरे कितने देखे-भाले से हैं
नाक तेरी है आशा पारेख सरीखी
मुस्कान तू मधुबाला से है सीखी
चाल में तेरी है सायरा बानो और
रेखा की मस्ती...
फिर क्या हुआ
फिर...फिर...
हम नाचे नाचे नाचे नाचते गए
खूब नाचे नाचे नाचे नाचते गए
झूम के तराने गा के नाचते गए
घूम के दीवाने जाके नाचते गए...
बात है ये उस सतरंगी दुनिया की जब मैं
सत्रह बरस की थी...
फिर एक दिन मैं सोकर उठी
रात की जगी थी पूरी होकर उठी
देखा मेरा पेट कुछ भारी सा है
बरतन खनकती अलमारी सा है

अंदर से उठती उमेठ सी थी
हाय हाय हाय मैं तो पेट से थी
मैं तो भागी उसके पास
बोली सैयाँ चलो साथ
हमने पीपल के पेड़ के लगाए चक्कर सात
मेरी शादी हो गई
सारे बोले दुल्हन कितनी प्यारी है
हाय हाय ये फूलों की क्यारी है
नाक इसकी है आशा पारेख सरीखी
मुस्कान ये मधुबाला से है सीखी
चाल में है इसके सायरा बानो और
रेखा की मस्ती...
बात है ये उस
अलबेली दुनिया की जब मैं
सत्रह बरस की थी...
फिर एक दिन मेरा बच्चा हुआ
टी.वी. वाला नाम रखा 'विनोद दुआ'
लेकिन उसके साथ ही
तीन महीने बाद ही
मैंने पाया क्या
...क्या पाया ना बोल
मेरा पेट फिर से कुछ भारी सा है
बरतन खनकती अलमारी सा है
मैं फिर से भागी उसके पास
बोली सैयाँ नाचे नाच
सैयाँ मेरा बोला अरे फूट फूट फूट...
नाक तेरी हो गई है टुनटुन सरीखी
मुस्कान ललिता पवार से तू सीखी
चाल तेरी हो गई है लचक फचक सी
हाय ज़बरदस्ती
पच्चीस की जो मैं हुई तो अखरती थी
लगती थी क्योंकि बयालीस उमर की थी
सात मेरे बाहर थे फिर भी नहीं चैन था

एक पेट में से निकलने को बेचैन था
सैयाँ मेरा थोड़ा रूठा था
बोला वो सब कुछ तो झूठा था
मुझको पसंद एक महरी है
नाम उसका कट्टो गिलहरी है
नाक उसकी है आशा पारेख सरीखी
मुस्कान वो मधुबाला से है सीखी
चाल में है उसके सायरा बानो और
रेखा की मस्ती...
दो महीने पहले बरसात में
भाग गया वो उसके साथ में
मैं खड़ी देखती रही उन दोनों को
जाते हुए दूर से...
...फिर क्या हुआ...?
वो नाचे नाचे नाचे नाचते गए
ख़ूब नाचे नाचे नाचे नाचते गए
झूम के तराने जा के नाचते गए
घूम के दीवाने जा के नाचते गए

इक बगल में चाँद होगा

इक बगल में चाँद होगा इक बगल में रोटियाँ
इक बगल में नींद होगी इक बगल में लोरियाँ
हम चाँद पे रोटी की चादर डालकर सो जाएँगे
और नींद से कह देंगे लोरी कल सुनाने आएँगे
इक बगल में खनखनाती सीपियाँ हो जाएँगी
इक बगल में कुछ रुलाती सिसकियाँ हो जाएँगी
हम सीपियों में भरके सारे तारे छू के आएँगे
और सिसकियों को गुदगुदी कर करके यूँ बहलाएँगे
...अम्माँ तेरी सिसकियों पे कोई रोने आएगा
ग़म ना कर जो आएगा वो फिर कभी ना जाएगा
याद रख पर कोई अनहोनी नहीं तू लाएगी
लाएगी तो फिर कहानी और कुछ हो जाएगी
...होनी और अनहोनी की परवाह किसे है मेरी जाँ
हद से ज़्यादा ये ही होगा कि यहीं मर जाएँगे
हम मौत को सपना बताकर उठ खड़े होंगे वहीं
और होनी को ठेंगा दिखाकर खिलखिलाते जाएँगे

लो आया मौसम

लो आया मौसम झूम के मर जाने का
सपनों भरी आँखों में कहीं खो जाने का
देख के किसी को बस देखते ही जाने का
सोच के किसी को बस सोचते ही जाने का
ओ मेरे साथी झूम के मर जाना है
सपनों भरी आँखों में कहीं खो जाना है
कल की तू परवाह ना कर साथी कल तक ये
मौसम चला जाएगा जाने किधर...
ख़्वाब भीगे रेशमी सहलाते ही जाने का
छिटकी हुई चाँदनी को चूम करके आने का
दीवाना है बावरा कहलाते ही जाने का
तारों की रंगीन दुनिया झूम करके आने का...
जेब है खनकती चहकते तेरे यार हैं
रुकने को हमेशा बहार तैयार है
सोलह की मीठी उमर है तू चाहे तो
रात-रात भर बात कर
पहना है क्या आज ओढ़ा है क्या आज
किसको कहाँ की ख़बर
सुबह गाती है तराने से
शाम कहती है अफ़साने से
दुनिया है लगती हाँ जादू सी
धड़कन होती बेक़ाबू सी
सत्रह की मीठी उमर बुलाती है
तुझको ज़रा पास आ
थोड़ा ठहर...

सतरंगी लिबास मन को पहनाते ही जाने का
दूर बैठी कोयल को सरगमें सुनाने का
आईने में देख करके ध्यान ना हटाने का
अक्स को हमराज़ कह के बात करते जाने का
ओ साथी सुन ले ये लम्हे बेक़रार हैं
छोड़ चिंता आते नहीं ये बार-बार हैं
होता अठारह का तू है सुनहरा है हर पल
जहाँ देखती, तेरी नज़र...
लो आया मौसम...

एक भोली भाली

एक भोली भाली
हिरण सी आँखों वाली लड़की होती है
एक एक औरत के अंदर की चाह में
कहती है अचानक
वो एक दिन किसी से
उड़ना चाहती हूँ मैं तो पर्वतों के पार
और बादलों की छाँव में
पंख दो लगा दो मेरे सर्द होते पाँव में...
एक भोली भाली
हिरण सी आँखों वाली लड़की होती है
एक एक बीवी की ख़ाली सी निगाह में
सोचते हैं वो कि
वो माँजती है बरतन
पोसती है बच्चे और जिसने अपने सपने
भुला दिए हैं राह में
झाँक करके देखो उसकी धड़कनों की थाह में...
एक भोली भाली
हिरण सी आँखों वाली लड़की होती है
एक एक अम्माँ के सीने की पनाह में
गुनगुनाती है वो
कोई पुराना नग़मा
रख दिया था जिसको उसने कोने में समेटकर
यूँ ही ख़्वामख़्वाह में
दब गया था जो किसी की आह में कराह में...
एक भोली भाली...

आ गए ना आख़िर तुम प्रीतम

आ गए ना आख़िर तुम प्रीतम
ज़िंदगी के शिकंजे में
थक गए हो मालूम है मुझको
हाँ ज़रूरत के पंजे में
आ गए ना...
जूझते हो छेनी-हथौड़ों से रात-दिन बिफरे हुए
है ख़ुशी कि है काम मेरा गर दाम इसका मिलता रहे
बच्चों को उजली ज़िंदगानी देने हाँ हाँ चले हो तुम
लेकिन उनकी यादों के नक्शे से गुम हो जाने लगे हो तुम
बीवी भी है एक जिसकी इच्छा थिरकने को होती है हाँ कभी
तुम भूले हो थिरकना कहते हो मसरूफ़ हूँ मैं अभी हाँ अभी...
वक़्त से पहले आया बुढ़ापा
कैसे तुम्हारे कंधे में
सच कहती हूँ हैरान हूँ मैं
पड़ जाती हूँ अचंभे में
आ गए ना...

बल्लो...ओ बल्लो

बल्लो ओ बल्लो ओ बल्लो बल्लो बल्लो
बेपेंदी का लोटा बल्लो
सबसे ज़्यादा खोटा बल्लो
लगता कैसा साँड़ बल्लो
नाचे जैसे भाँड़ बल्लो
चिन्दी का टुकड़ा बल्लो
गोबर का चिथड़ा बल्लो
मुत्ती की छाछ बल्लो
कुतिया की बाँछ बल्लो
फिर भी बल्लो बल्लो क्योंकि बल्लो है दस साल का
मैं साला क्यों रह गया फिर सात साल का
...ना ना ना सात का नहीं है वीरू हो जाएगा कुछ दिन में तू
आठ साल का...
मालूम तुमको उसके बस्ते में क्या क्या रक्खा है
नंगी नंगी फोटू हैं बीड़ी का इक टोटा है
कोने में जा करके फोटू देख देख मुस्काता
बीड़ी के कश खींच खींचकर ठेंगा मुझे दिखाता
कूड़े का कट्टा बल्लो
उल्लू का पट्ठा बल्लो
फिर भी बल्लो बल्लो क्योंकि बल्लो है दस साल का
मैं साला क्यों रह गया फिर सात साल का
...सच्ची सच्ची वीरू दादा सच्ची तेरा सबर का प्याला
है कमाल का...
बचना उससे जब वो साला थूके उछल उछल के
बाईं तरफ़ को देख के खाँसेगा वो हलके हलके

थूक उठेगा उसका लेकिन दाईं तरफ़ को जाकर
तीर की माफ़िक जहाँ खड़े होगे तुम उठाकर
इतना सट्‌ट हरामी बल्लो
साला चोर इनामी बल्लो
फिर भी बल्लो बल्लो क्योंकि बल्लो है दस साल का
मैं साला क्यों रह गया फिर सात साल का
...एक लगाओ रहपट मालूम पड़ जाए साले को भाव
आटे दाल का...
मालूम लेकिन एक बार जंगी ने उसको मारा
तब तो साला खड़ा रहा ना बोला कुछ आवारा
रात को फिर जब दारू पीकर जंगी लुढ़क गया तो
खींच के मारा पूछो क्या
खींच के मारा सोचो क्या
खींच के मारा क्या क्या क्या
खींच के मारा कीचड़ मुँह पे तुर्रट खिसक गया वो
देखा कितना लुच्चा बल्लो
दो नंबर का टुच्चा बल्लो
फिर भी बल्लो बल्लो क्योंकि बल्लो है दस साल का
मैं साला क्यों रह गया फिर सात साल का
...जानते हैं वीरू भइया तेरा तो है हाल
गुदड़ी के लाल का...
उसने खड्डे में अपना अड्डा भी बना लिया है
जेब में रखता चक्कू है और देता बड़ी हवा है
आधी आधी रात को साला सोने को है जाता
रोज़ रोज़ मेरी चड्ढी मेरी बंदूक चुराता
इतना इतना घटिया बल्लो
हो साले को गठिया बल्लो
फिर भी बल्लो बल्लो क्योंकि बल्लो है दस साल का
मैं साला क्यों रह गया फिर सात साल का
...वाकई बहुत ज़रूरी है देना जवाब तेरे इस सीधे
से सवाल का...
मेरे पास ना अड्डा है
और ना अपनी कोई चड्ढी है

न बीड़ी का टोंटा है
और ना ताशों की गड्डी है
जंगी मुझको घूर के देखे
मूत निकल जाता मेरा
शाम पड़े ही सोने का है
टाइम निकल आता मेरा
ना चक्कू है मेरे पास
और ना नंगी ही फोटू हैं
ना ही मेरे हाथ के डोले
उसके जैसे मोटू हैं
थूक थूक के हार गया
पर नहीं नहीं हो पाता है
थूक मेरा मुझ पर ही गिरता
ऐसा क्यों हो जाता है
फिर भी करता हूँ मैं वादा लंबी नहीं फेंकता ज़्यादा
कर दूँगा मैं बाएँ हाथ से जो वो करता दाएँ हाथ से
एक बार हो जाऊँ बस मैं दस साल का
...हमको बड़ा भरोसा वीरू वादा तेरा है सच्ची
अम्माँ के लाल का...

जकड़े हो क्या क्या

जकड़े हो क्या-क्या तुम हाथ में बाबू
धुएँ पे हुआ है किसी का कभी क़ाबू
आँख मूँद करके जो बैठ से जाओगे
सोचते हो क्या तुम नज़र नहीं आओगे
देखना है जिनको वो तो देख लेंगे ही कभी
सन्नाटे को सूँघ लो थोड़ा सा मौक़ा है अभी
बाग़ में बग़ीचे में कमरे के बंद अँधेरे में
उससे बचकर कहाँ छुपोगे जिसके हो तुम घेरे में
देता है जो आहट तो वो जानता है अंदर हो
दरवाज़े की झिर्री से पहचानता है अंदर हो
दिल पर रखकर हाथ कहो कि हमको डर लगता नहीं
ऐसा वैसा कुछ हो सकता हमको पर लगता नहीं
उड़ जाएँगे होश मुलाक़ात में बाबू
धुएँ पे हुआ है किसी का कभी क़ाबू...
लिपटा है वो मांस लहू में रहना ना अंदेशे में
बैठा है तुम्हारी हड्डियों के रेशे रेशे में
नहीं नहीं छोड़ेगा तुमको निपट अकेला कभी नहीं
लुक छिप लोगे उससे पर वो ढूँढ़ ही लेगा तुम्हें कहीं
बार बार अब मत बोलो कि हमको डर लगता नहीं
ऐसा वैसा कुछ हो सकता हमको पर लगता नहीं
जहाँ जहाँ निकलोगे होगा साथ में बाबू
अर्थी पे निकलो चाहे बारात में बाबू
कड़वापन है हर मीठी सौगात में बाबू
छोड़े क्या रक्खा है शह और मात में बाबू
जकड़े हो क्या-क्या...

जूता रखा है

जूता रखा है वो मेज़ पर
रख दो ना इसको सहेजकर
देखो नमक कैसे बिखरा पड़ा
क्यों ख़ौफ़ अंदर से उमड़ा पड़ा
शीशा गया है चटक किनारे से
तारे को ना ही बुला इशारे से
आसमान में है टिटहरी अकेली
हो जाएगा कुछ कहे थी सहेली
घुप चुप घुप चुप सीने में बिफरती
धुँधली फ़िज़ा है और धुँधली है धरती
फिर भी जॉनी को अम्माँ कहे बार बार
अंधविश्वासी नहीं हूँ मैं देती क़रार...
देखो वो पूरा है चाँद बड़ा
रोता है कुत्ता वहाँ क्यों खड़ा
फड़की है क्यों क्यों बाईं आँख मेरी
तेज़ी से चलती क्यों हाय साँस मेरी
काली है क्यों चाँदनी की सफ़ेदी
मन की दीवारों पे दिखता है भेदी
रखना करम ओ ख़ुदा अपने बंदों पे आज
अंदर से आती है मेरे तो ये ही आवाज़
आती है आती है आती है ये ही आवाज़...

नाचूँगी आज मैं

नाचूँगी आज मैं ठुमक के तराई में
मुझको मिला है बहाना
झाँझर बजाओ ज़रा लहरा के गाओ मेरे
होंठों पे आया तराना
गुज़रे ज़माने को बिसरा के आई मैं
बीता है गुज़रा ज़माना
ठुमरी सुनाओ कोई डफली बजाओ मेरे
होंठों पे आया तराना...

हमारा गैंग

एक दो तीन चार पाँच छः सात
लगता ज़माना है तब तक सुरीला
जब तक ज़माने का भुगता नहीं साथ
फिर भी जवाँ थे वो हाँ हाँ हाँ
ख़ासा रवाँ थे वो हाँ हाँ हाँ
जोश था हिम्मत थी
बाज़ू थे कुव्वत थी
कहते वो सारे थे पौम पौम पौम पौम
गैंग गैंग
हमारा गैंग
ख़्वाबों का
पिटारा गैंग
जोश है हिम्मत है बाज़ू हैं कुव्वत है
सपने हैं सपनों को ज़िंदा जगाने की शिद्दत है
आता है सामने को कौन कौन कौन कौन
गैंग गैंग
हमारा गैंग
सपनों का
है मारा गैंग
दुनिया को ज़माने को पैरों तले से कुचल देंगे
क़िस्मत को ख़ुदाई को मुट्ठी में ले के मसल देंगे
चिंता में घंटे बिताए कौन कौन कौन कौन
गैंग गैंग
हमारा गैंग
उम्मीद का

फव्वारा गैंग
एक दो तीन चार पाँच छः सात
जॉनी तो कहता है एक ही बात
लगता ज़माना है तब तक सुरीला
जब तक ज़माने का भुगता नहीं साथ
उबला ज़माना तो आया कहर
उगला कहर ने तो फूटा ज़हर
साथ लाया था अपने बेटी भी वो एक प्यारी
कहते थे उसको वो सारे ओ बेरोज़गारी

किसको देने चली है तू धोखा

किसको देने चली है तू धोखा
ओ अम्माँ तुझे ध्यान इसका नहीं
देख आसमाँ पे मुस्काती है क़िस्मत
कुछ भी तुझे भान जिसका नहीं
होनी तो होनी ही है होकर रहेगी
थोड़ी देर से हो जाए दोष उसका नहीं
देना है क़र्ज़ वो तो देना पड़ेगा पगली
इतराना छोड़ अरे मुस्का नहीं

कैसी कैसी रची है

कैसी कैसी रची है क़ुदरत ने
फ़ितरत जहाँ में इनसान की
जैसे यहीं पर हुआ है अभी
शक्ल इनसान की सोच हैवान की
इतने से सोच ने शकल ले ली साज़िश की
मिनटों में कैसे खड़े ही खड़े
ठीक वैसे ही जैसे अम्माँ के पेट में
बीज जुड़वों का है पल पल बढ़े
पल पल बढ़े...

इतनी सी बात थी बाबू

इतनी सी बात थी बाबू
दिन था ना रात थी बाबू
जूता जो रक्खा था मेज़ पर
तो रख देते उसको सहेजकर
जॉनी तो कह कह के थक सा गया ये ही बात
देखा ना कितनी परेशानी हो गई आज
...जॉनी कहानी तो भौत भौत टॉप थी
हमको बताओ मगर एक बात
मरते हैं कितने मुलुक में रोज़-रोज़
बाबू लोग किस-किस को रखेंगे याद
ठीक ठीक ठीक भूल जाओ रे बाबू
क़िस्से कहानी की तो बात और है
मिलता कहीं से सुकून है तो ले लो रे
आया बड़ा ही ख़राब दौर है
हम तो बाबू तुम्हारे ही हैं
ज़िंदगी की उलझनों के मारे ही हैं
आए हैं क़िस्सा सुनाने यहाँ
थोड़ा हँसाने रुलाने यहाँ
फिर भी जो ग़लती हुई हो तो बाबू
बंदे तुम्हारे हैं माफ़ कर दो
लेकिन हमारा है आज का जो नारा
जाने से पहले ज़रा सुन लो...
नाचे रे बाबू ठुमक के रे भाई रे
हमको मिला है बहाना
झाँझर बजाओ ज़रा लहरा के गाओ मेरे

होंठों पे आया तराना...
आएँगे ग़म तो निपट लेंगे बाद में
दम है अभी तो लगाना
ठुमरी सुनाओ ज़रा डफली बजाओ मेरे
होंठों पे आया तराना...

पत्तर अनारां दे...

आगे चिलमन सोई हुई है

जंगल की रातों में चलने वाले भोले मुसाफ़िर सुन
चर्र–चूँ करते किवाड़ों को हौले से उढ़काना तुम
रस्तों के सूखे पत्तों की चरपर पे चुप करके जाना तुम
उँगली को होंठों पे रख के झींगुर को धमकाना तुम
क्योंकि आगे चिलमन सोई हुई है...
जुगनू को कहना वो धीरे से चमके
चिलमन है छुई मुई सी
आँखों को मलती वो जग जाएगी
सहमी हुई सी
दीये की लौ से सुलग जाएगी
चिलमन है रूई सी
पत्तों के गिरने से रो वो पड़ेगी
लगती सूई सी
रेलों की सीटी से रो वो पड़ेगी
उठती दीवारों से रो वो पड़ेगी
गहराती रातों से रो वो पड़ेगी
लहराती चीख़ों से रो वो पड़ेगी
चिलमन ने ख़ुद ये कभी ना चाहा था भोले मुसाफ़िर सुन
कि उसकी नींदें लम्बी हों इतनी कि पलकों को लग जाए घुन
लेकिन अब उसको लगती भली है आँखों की अलसाई धुन
ये करके चुपके से जाना मुसाफ़िर इक इक क़दम को चुन
क्योंकि आगे चिलमन सोई हुई है...

उन ज़मीनों के नाम

(फ़ैज़ साहब की 'इंतिसाब' को समर्पित)

उन ज़मीनों के नाम
आसमानों के नाम
उन नज़ारों के नाम
उन क़रारों के नाम
उन झमेलों के नाम
उन बखेड़ों के नाम
उन रक़ीबों के नाम
ख़ाकसारों के नाम
उस पहेली के नाम
उस सहेली के नाम
उसकी हसरत के नाम
उसकी बरक़त के नाम
उस इबादत के नाम
उस शरारत के नाम
उसकी बढ़ती हुई
उस हरारत के नाम
उसकी महकी हुई
मुस्कराहट के नाम
नरम हाथों से ली
उस इजाज़त के नाम
उन करोड़ों के नाम
उन हज़ारों के नाम
उनकी डोली के नाम
उन कहारों के नाम

उन करोड़ों के नाम...
जिनकी मेहँदी को पंछी रंग दे गए
जिनके घुँघरू को झोंके बजा दे गए
जिनकी बिंदिया को तारे सजा दे गए
जिनके काजल को बादल लगा दे गए
उन हसीनों के नाम
नाज़नीनों के नाम
उनकी धड़कन के नाम
उनकी थिरकन के नाम
उन करोड़ों के नाम...
जिनकी हसरत को सपने उठा ले गए
जिनकी आँखों में दीपक जला दे गए
जिनके शहज़ादे आ करके छूकर उन्हें
बोले हँसकर चलो इक सफ़र पर चलें
अब ना कहना कि वापस चलो घर चलें
या इधर को चलें या उधर को चलें
मुझको मालूम तुमने अनारों तले
बैठने के हैं पाले हसीं सिलसिले
मैं उसी बाग़ में ले के जाऊँगा हाँ
ख़्वाहिशों का वहाँ आज मेला लगा
ढोल ताशों की आवाज़ गूँजे वहाँ
कुछ तमाशों की आवाज़ गूँजे वहाँ
उन तमाशों के नाम
ढोल ताशों के नाम
जिनकी थापों ने ले लीं उधर करवटें
जिस तरफ जल रही थीं हसीं जन्नतें
जिन की चोटों से पत्ते अनारों के वो
गिर पड़े बस बिलखते से पेड़ों तले
उन अनारों के नाम
उनके पत्तों के नाम
जिनकी कोंपल ने देखी जवानी नहीं
सीधे बचपन से जो बूढ़ी सी हो चलीं
जिनकी छाँहों के नीचे हज़ारों पले

और करोड़ों बिना पल दिए चल पड़े
उन करोड़ों के नाम
उन हज़ारों के नाम
उनकी डोली के नाम
उन कहारों के नाम...

जावेद का ख़त...लखनऊ से

लाहौर के उस पहले ज़िले के, दो परगना में पहुँचे
रेशम गली के, दूजे कूचे के, चौथे मकाँ में पहुँचे
कहते हैं जिसको, दूजा मुलुक उस, पाकिस्ताँ में पहुँचे
लिखता हूँ ख़त मैं हिन्दोस्ताँ से, पहलू-ए-हुस्नाँ में पहुँचे
ओ हुस्नाँ...
मैं तो हूँ बैठा, ओ हुस्नाँ मेरी, यादों पुरानी में खोया
पल पल को गिनता, पल पल को चुनता, बीती कहानी में खोया
पत्ते जब झड़ते, हिन्दोस्ताँ में, बातें तुम्हारी ये बोलें
होता उजाला, हिन्दोस्ताँ में यादें, तुम्हारी ये बोलें
ओ हुस्नाँ मेरी, ये तो बता दो
होता है ऐसा क्या उस गुलिस्ताँ में
रहती हो नन्हीं कबूतर सी गुम तुम जहाँ
ओ हुस्नाँ...
पत्ते क्या झड़ते हैं पाकिस्ताँ में वैसे ही जैसे झड़ते यहाँ
ओ हुस्नाँ...
होता उजाला क्या वैसा ही है जैसा होता हिन्दुस्ताँ में हाँ
ओ हुस्नाँ...
वो हीर के राँझों, के नग़मे मुझको, हर पल आ आ के सताए
वो बुल्ले शाह की, तक़रीरों के, झीने-झीने साए
वो ईद की ईदी, लम्बी नमाज़ें, सेवइयों की झालर
वो दीवाली के, दीये संग में, बैसाखी के बादल
होली की वो, लकड़ी जिसमें, संग-संग आँच लगाई
लोहड़ी का वो, धुआँ जिसमें, धड़कन है सुलगाई
ओ हुस्नाँ मेरी, ये तो बता दो
लोहड़ी का धुआँ क्या अब भी निकलता है

जैसा निकलता था उस दौर में हाँ वहाँ
ओ हुस्नाँ...
हीरों के राँझों के नग़में क्या अब भी सुने जाते हैं हाँ वहाँ
ओ हुस्नाँ...
रोता है रातों में पाकिस्ताँ क्या वैसे ही जैसे हिन्दोस्ताँ
ओ हुस्नाँ...
पत्ते क्या झड़ते हैं पाकिस्ताँ में वैसे ही जैसे झड़ते यहाँ
ओ हुस्नाँ...
होता उजाला क्या वैसा ही है जैसा होता हिन्दुस्ताँ में हाँ
ओ हुस्नाँ...

मेरी आँखें हैं नीली

मेरी आँखें हैं नीली, मेरी बातें हैं नीली
मेरे सपने हैं नीले, मेरी रातें हैं नीली
मेरे सर पे चमकता है नीला आसमाँ
मेरे कानों में बोली है नीली हवा
मेरे काँधे गरजती है नीली घटा
मेरे चेहरे पे रहती है नीली छटा
...अरे नीला भी कोई सहेली रंग होता है
अरे नाली के पानी सा बदरंग होता है
रंगों में रंग मेरा लाल रंग है
हाय सच में बताऊँ कमाल रंग है
मेरा घूँघट है लाल मेरी चितवन है लाल
मेरी धड़कन है लाल मेरी थिरकन है लाल
...तेरा भेजा है लाल, तेरा ज़ेहन है लाल
तू मटक के जो चलती है मटकन है लाल
एक रहपट लगाऊँ तो गाल पड़े लाल
अभी भींच के जो खींच दूँ तो बाल पड़े लाल
...अरे तू क्या करेगी मुक़ाबला मेरा
मैं सुफ़ैदी हूँ रंग साफ़-सुथरा मेरा
मैं निशानी हूँ नेकी की समझी गई
मैं कहानी हूँ नेकी की समझी गई
...ओ सुफ़ैदी, ओ सुफ़ैदी, ओ सुफ़ैदी सुफ़ैदी सुफ़ैदी सुफ़ैदी
तू तो बालटी में घोलने के लिए बनी है
तू दीवारों पे पोतने के लिए बनी है
तू तो लोटे में फेंटने के लिए बनी है
तू तो खच्चर सी रेंकने के लिए बनी है
अरे छोड़ो भी छोड़ो ये बच्ची है जी

इसके माथे का पेंच थोड़ा ढीला होता है
अरे जानती नहीं है देखो इतनी सी बात बेटा
रंगों में रंग बस पीला होता है
देखो उबटन है पीली, देखो अचकन है पीली
मेरा बेलन है पीला मेरी खूँटी है पीली
...तेरा बेसन है पीला, तेरी खटिया है पीली
और पीली है इसीलिए वो हाय ढीली ढीली
उस ढीली सी खटिया पे सोती है ये
हाय सच्ची में ज़ार ज़ार रोती है ये
इसको लगता है जैसे कि ये झूला झूल रही
हाय कोसती है मेरी खटिया पीली क्यों रही
...तू खटिया को नारंगी रँगवा ले हाँ
अरे नींद ऐसी आएगी तू देखना तो हाँ
...तू कितनी खरी सी बात बोलती सहेली
अरे नारंगी रंग का भी क्या ढंग है
अरे 'हाँ रंगी' होता तो भी ठीक ठाक था
अरे नारंगी तो ना ना रंग है
...और जामुनी? और जामुनी?
...या कि बैंगनी? या कि बैंगनी?
...या कि हाय नी या होय नी...
या मोई नी या रोई नी
बैंगन की बदबू महकती है ये
इसको फेंको तो कूड़े में चहकती है ये
और ये है हरी घास का बाग़ लगती है
अरे मेथी का बथुए का साग लगती है
और दूजी ये भूरी गंदा दाग़ लगती है
इसको धोकर सुखा दो ये बेताब लगती है
...हम गुलाबी हैं...हम फ़िरोज़ी हैं...
...हम तो नेहरू हैं...हम नौरोजी हैं...
अरे हो गर गुलाबी तो होती रहो
जाके आईने में बैठो ख़ुश होती रहो
और फ़िरोज़ी क्या ये तुम्हारे बाप की ज़मीं है?
उस फ़िरोज़पुर में जाके रहो वहाँ कमी है!

आज तो जले चिराग़ों को

आज तो जले चिराग़ों को थोड़ा सा धीमा कर दो
आज तो पिया मिलन को उमड़ी जाए साँवरी
थाम के घूंघट अपना लाज शरम से दोहरी होती
और अंदर से कैसी हाय ललचाए साँवरी
आज तो सास ननद और जेठ ससुर की भीड़ लगेगी
घुँघटा सबसे पहले कौन उठाए दंगा होगा
और इसके सैयाँ जी बैठे होंगे कोने में भई
आँख को फाड़े उल्लू के जैसे अब पंगा होगा
काँपते होंगे उनके हाथ रात को घूँघट छूते
कि जैसे दुलहन मारेगी बिजली का झटका इक भई
हाय रे दिल की धड़कन बढ़ जाएगी शक्ल देखकर
नामालूम भैंगी है या कानी होगी खटका इक भई
हाय रे दुआ हमारी लगे इसे ये एक साल में
कम से कम छः बच्चों की माँ बन जाए साँवरी
आज तो जले चिराग़ों...

रज़िया की बारात

आओ सखी री आज साथ अलबेली नाचें
आज तो बिछुआ पग में बाँध करें अठखेली नाचें
गुँजा दें गाँव मोड़ चौराहा आज सहेली नाचें
आएगी रज़िया की बारात
बँटेगी लड्डू की परात
बँधेगी लम्बी सी कनात
लगेगा तंबू भी भई साथ
आज तो ढोल बजेगा
आज ताशा बोलेगा
आज शहनाई होगी
उबटन लोई होगी
आज तो टुकड़ा हमरे घर का देखो जाएगा भई
एक दूजे घर की डोरों को हाथों थामने
...हाँ सहेली था वो मंज़र, जो कभी ना भूलता
ब्याह वो अब भी हमारी याद में है झूलता
वो तो था अहसास पहला आज हम ये खोलते
रख चुके थे हम क़दम जिसको जवानी बोलते
बात ये दस साल पहले की सहेली सुन ज़रा
था वो रज़िया का निक़ाह बैठी थी सपने बुन के हाँ
वो थी पहली पहली शादी हम सभी में हाँ सखी
ब्याह ऐसे होता है अचरज सभी में था सखी
इक तरफ़ थी जो ख़ुशी, तो डूबी नम आँखें भी थीं
अब चली जाएगी रज़िया सोचती साँसें भी थीं
साथ में ये सोच था हम भी बनेंगी दुलहनें
हम भी ले जाएँगी पी के घर कभी हाँ धड़कनें

...आओ सखी री आज बाँट मदहोशी नाचें
भूल के होश जहाँ का आज साथ बेहोशी नाचें
कभी तो खिल-खिल करतीं और कभी सरगोशी नाचें
आज तो दूल्हा होगा साथ
बाँध के सर के ऊपर ताज
साथ में अब्बा अम्माँ खड़े रहेंगे
जोड़े दोनों हाथ
आज नक़्क़ारा होगा
आज नज़्ज़ारा होगा
आज तो गाँव हमारा
ख़ुशी से मारा होगा
आज तो नाज़ों पाली बन्नो हमरी जाएगी भई
दूर के शहज़ादे का अपने दामन थामने...
फिर सखी बेला भी वो हाँ आ चली
बाँध के दुलहन दूल्हे से धीरे चली
सुर्ख़ डोली को कहारों ने छुआ
और डोली उठ के कंधों पे चली
...हे री मैं तो आँसू की नदी में तर जाऊँगी
अब्बा तेरी देहरी से ये वादा कर जाऊँगी
तेरे बूढ़े हाथों की क़सम अब जाऊँगी
तेरी गीली आँखों को नज़र ना ही आऊँगी
अब्बा मेरे छोटे-छोटे उन खिलौनों को कभी ना फेंकना
याद मेरी आ पड़े तो लाड़ से उनकी तरफ़ बस देखना
हाथ उन पर फेरना और जिस्म उनका चूमना
फिर भी आँसू ना रुकें तो ले के उनको घूमना
अब्बा मेरी ईद की ईदी कभी मत भूलना
मैं भी ना भूलूँगी गोदी में तुम्हारी झूलना
अब्बा मेरी नन्ही-मुन्नी पाक गुड़िया देखना
हो सके उसके लिए भी नेक गुड्डा देखना
...फिर वो रज़िया बढ़ चली, डोली पे अपनी चढ़ चली
मुड़ मुड़ के वो रोती गई, और दूर वो होती गई
...और फिर हुआ धम्माका वो
खौलता सन्नाटा वो

बोले सो निहाल गूँजा, सत सिरी अकाल गूँजा
ईश्वर अल्लाह का नारा, बेसुरा बेताल गूँजा
एक बम दूरी पे फूटा, एक पत्ता 'ठाँय' टूटा
फट पड़ी वो सुर्ख़ डोली, उड़ गई वो लाल घोड़ी
इस तरफ़ से ख़ून उछला, उस तरफ़ लाशों के टुकड़े
और अब्बा आँख फाड़े रह गए मुर्दे से जकड़े
बेटी उनकी हो गई दूल्हे के अपने संग विदा
सल्तनत की माँग के आगे वो अपना सर झुका

तोता तोती झगड़ पड़े

तोता तोती झगड़ पड़े ख़तरे में पड़ गई शादी
तोती बोली हाय कमबख़त मेरी की बरबादी
उस पंडे की छत पे बैठा रहता देता झटके
पिंजड़े वाली कोयल से करता है नैन मटक्के
तो तोता बोला हाय रे मेरी सती नाम सावित्री
बन ठन के बैठी रहती है खुली छोड़कर खिड़की
उस काले कौए से तूने कल क्या डाली यारी थी
सच कहना उसे आँख क्या मेरी अम्माँ ने मारी थी?

पीछे बढ़ता जत्था

पीछे बढ़ता जत्था ख़ूनी चीख़ें बोले सो निहाल था
और सामने खड़ा घूरता सुर्ख़ आँख से महाकाल था
वही ज़ात थी वही धरम था
वही मूँछ थी वही थी दाढ़ी
वही ख़ून की प्यास झलकती
थी आँखों में गाढ़ी गाढ़ी
हम कैसे ये मानें कि ये इंसाँ है काफ़िर नहीं
हम कैसे जानें कि मेहरबाँ हैं कोई क़ातिल नहीं
इंसाँ तो वो होता है जो ज़ात हमारा होता है
और होंठ पे जिसके अल्ला या ईश्वर का नारा होता है

आने भी दो यारो...

ओ हो हो सिंदबाद

ओ हो हो सिंदबाद
ओ हो हो सिंदबाद
ओ हो हो सिंदबाद उल्लू के पट्ठे सिंदबाद
ओ हो हो सिंदबाद
ओ हो हो सिंदबाद
ओ हो हो सिंदबाद उड़ते परखच्चे सिंदबाद
जब बोलेगा तभी बकेगा, क्या साले तू कभी थकेगा
सड़े मटर के छिलके वाली, बास मारती मौत मरेगा सिंदबाद
ओ हो हो सिंदबाद चिड़िया के छक्के सिंदबाद
ओ हो हो सिंदबाद सूखे सिलबट्टे सिंदबाद
ग्राहक बन के चीख़ पड़ेगा, रहपट ऐसा ठीक पड़ेगा
पिटे हुए गीदड़ सा करता हुआ हुआ बिन मौत मरेगा सिंदबाद...
अबे जगह हमारी है साला बाज़ार हमारा
हम बचेंगे वो ही तो है काम हमारा
लेकिन बेचेंगे तो वो तो अपने ढंग से
आना हो तो आएँ ग्राहक अपने बन के
ये जगह नहीं सी-रॉक
नहीं बैंकौक
नहीं चैपौक
कि इसका नाम चाँदनी-चौक
ये दिल वालों की है रज्जा
यहाँ दिल वालों का शौक
कि इसका नाम चाँदनी-चौक
दुनिया को नमकीन लगें या खट्ठे-मीठे
हम साले क्यों बदलें अपने तौर-तरीक़े

ये चीख़ें या वो चीख़ें या सारे चीख़ें
हम साले क्यों बदले अपने तौर-तरीक़े
बेचेंगे खुल्ला ही सामान
पान हो या हो सुरमेदान
छान के दूध बिकेगा
चिकन मटन हो या हो फल का दान
ओ भाभी जान
तान के ख़ूब बिकेगा
और तू साले यूँ सरेआम धंधे के पीछे लात धरेगा
सिंदबाद...
ओ हो हो सिंदबाद...

मुल्क की ले ली भइया पार्ट वन

ओ देखा ओ देखा ओ देखा देखा देखा
साला ख़ुद आँखों से देखा साला ख़ुद आँखों से देखा
दस पैसे का पान का टुकड़ा कट के जाते देखा
फिर साठ रुपए के पैक में उसको वापस आते देखा
जंक फूड तकता बच्चा भूखा चिल्लाते देखा
फिर जंक फूड के ख़ाली डब्बे को ही खाते देखा
अम्माँ बोली चीख़-बिलख के दूध नहीं है बेटा
फिर दूध के बदले में बच्चे को ख़ून पिलाते देखा
पढ़ी-लिखी इस 'यूथ' की आँखें गीली होते देखीं
फिर पासपोर्ट ऑफ़िस के आगे लाइन लगाते देखा
एक कहीं था गांधी हाँ मैंने भी कहीं सुना था
इक टीचर को इक क्लासरूम में ये समझाते देखा
आज तिरंगा बोला मुझसे सुबह सुबह रस्ते में
कि राष्ट्रगान में बच्चों को मैडोना गाते देखा
भगतसिंह की मौत की तारीख़ फीकी होते देखी
और वैलेंटाइन को मूँछ मरोड़े अंदर आते देखा
क्या सार्क क्या एमनेस्टी क्या जी सेवन को पूछो
अरे यू.एन.ओ. को सरेआम कूल्हे मटकाते देखा
वियतनाम इराक साथ में हिरोशिमा अब भूलो
इक नई लिस्ट में अपने हिन्दोस्ताँ को आते देखा
लाड़-प्यार के मारों को जो मुल्क कभी था पहले
अरे उसे आज तो लेबनान बेरूत बन जाते देखा
अपना कल्चर भी तो था जब याद किया तो पाया
कि उसको तो नामालूम कब एक्ज़ाइल पे जाते देखा
मुल्क की ले ली भैया बात अलबेली भइया
वो देखो नैशनैलिटी चीख़ती मर गई दैया
मुल्क की ले ली भइया...

मेरा नाम है छबीली

ओ चाची ओ चाची ओ चाची चाची चाची
चाची तू जा के मटन बेच ले
और बोल दे कि इससे ये क़फ़न बेच ले
और अम्माँ तू जा के अपना फ्रूट बेच ले
साबूदाने से बोल दे वो सूट बेच ले
मेरा नाम है छबीली
मेरी बात है रसीली
मेरा जानम जो आयेगा तो तो तो...
वो जो आएगा तो हाँ नाचेगा सारा जहाँ
नाचेगी खारी बावली, नाचेगा दरीबा कलाँ
साथ मैं उसके सनन थिरकते जाऊँगी
आएगा पर जो सनम, वो देसी होगा जानेमन
देसी होगी बात हाँ, देसी होगी ज़ात हाँ
साथ मैं उसके दूर निकलते जाऊँगी
जाऊँगी धीरे-धीरे, गाऊँगी धीरे-धीरे...
...देखो देखो देखो कैसे बोलती है राँड़
कैसे ढूँढ़ती है काला भुसंड कोई साँड़
और तुम हो कि देखते हो बोलते नहीं
कैसे घोड़े से खड़े हो मुँह खोलते नहीं
...अरे घोड़ा हूँ तो घोड़े की तरह ही रहूँगा
कोई घोड़े से शेर थोड़े बन जाऊँगा
और तू तो ऐसे बोलती है जैसे ये छबीली
अरे तेरे नहीं मेरे पेट से निकली अब बोल बोल बोल बोल बोल
...जाऊँगी धीरे-धीरे, गाऊँगी धीरे-धीरे
मैं जो हूँ मैं जानती, ये मेरा अपना राज़ है

लिबरल हूँ ख़ुद बोलती, अरे ये मेरा अंदाज़ है
लेकिन मैं हूँ देस की, देसी ही है दिल मेरा
थोड़ा सा रंगीन अगर है, बोलो तो फिर क्या हुआ
अपनी मर्ज़ी से इसको बहलाऊँगी
बोला उसने 'हाय' जो बोलूँगी कट ले ज़रा
बोला उसने 'बाय' जो, बोलूँगी हट ले ज़रा
'राम-राम' और 'अस्सलाम' में तेरा जो यक़ीन है
तो ही आना पास में वरना हाथ मेरा नमकीन है
ये माना तो उस पे खट मर जाऊँगी
...जाऊँगी धीरे-धीरे, गाऊँगी धीरे-धीरे
...अरे जय हो जय हो जय हो मेरी अम्माँ की नानी
इस मुलुक में तुम पे ही टूटी है जवानी
अरे देख लो जी देख लो ये लौंडिया नहीं है
ये बेरिया का झाड़ है वो कहते सही हैं
...ये बेरिया का झाड़ क्या हवा से आया था
ये बेरिया का झाड़ काला चोर लाया था
ये बेरिया के झाड़ को भी तूने पैदा किया
अब कें-कें करती है जब पैदा कर दिया अब बोल बोल बोल बोल बोल
...जाऊँगी धीरे-धीरे गाऊँगी धीरे-धीरे

मुल्क की ले ली भइया पार्ट टू

क्या साली ये ज़िंदगी है क्या साली ये
एक छबीली को बोलूँ कि इश्क़ करेगी डीयर
तो वो बोले देसी हो जा फिर आना थोड़ा नीयर
दूजी है वो ख़ुदाबख़्श की नाम समीना जिसका
बोलूँ 'जान समीना', बोली माइंड तेरा क्या खिसका
क्या जान समीना लगा रखी है भाँग का गोला खाया
अरे सैम हो गया नाम समीना नया ज़माना आया
मैं बोला चल गली मोड़ पे मिल जा चुपके चुपके
चल मुग़ले-आज़म देखेंगे दुनिया से लुक के छिप के
तो वो बोली उफ़ माय गॉड ये फ्यूडल फ्यूडल लड़के
अरे डी मॉरलाइज़ हो गए मैनर्स के हो गए कड़के
बोली चटक मटक के, कि देखो साबूदाना
आज से हमको तुम बस, डार्लिंग डीयर बुलाना
मैं पहले डेट करूँगी, फिर मेकअप सेट करूँगी
कमानी के फॉयर में, फिर तेरा वेट करूँगी
उधर नाटक देखेंगे, सेक्सी इंग्लिश वाला
करेंगे डिस्कस उस पर, चाट पॉपकॉर्न मसाला
तू अपने घर कट लेना, मैं अपने घर कट लूँगी
इश्क़ भी करना है क्या, मैं इस पे थौट करूँगी
...बताओ थौट ये कैसा, बिजली का झटका जैसा
थौट ने मइयो कर दी, थौट ने पटका ऐसा
अरे तेरे थौट का पैदा मायँ भाग यहाँ से भाग
मुल्क की ले ली भइया, बात अलबेली भइया
वो देखो नैशनैलिटी, चीख़ती मर गई दइया
मुल्क की ले ली भइया...

वो पूछे हैं कि क्या हुआ

वो पूछे हैं कि क्या हुआ
हम बोले हैं कि कुछ नहीं
वो पूछे हैं कुछ तो हुआ
हम फिर बोले अरे कुछ नहीं
इक साये का छोटा टुकड़ा
इक दूजे साये के पीछे
कोशिश करके लेता है आड़ और कुछ नहीं
वो बोले हैं ये तो भला
कुछ अजब-ग़ज़ब सी बात हुई
साया साये की आड़ में
ये तो पहले ना सुनी गई
तो हम बोले ये चलन नया दस्तूर नया
इससे तो थोड़ा
करना ही पड़ता है लाड़ और कुछ नहीं
सूखी बंजर रोती ज़मीन पर
पानी माँगो कभी कभी तो
हदें फोड़ आती है बाढ़ और कुछ नहीं
इक साये का छोटा टुकड़ा...
वो बोले हैं कि बाढ़ तलक
तो बात समझ में आती है
पर लाड़ करे इससे इसमें
कुछ अड़चन सी हो जाती है
तो हम बोले कि अड़चन जैसी बात नहीं
ये ज़रा से तिल का
बना दिया है बड़ा ताड़ और कुछ नहीं

इंसाँ को शायद पता नहीं कि
थके बुढ़ापे में उसकी अब
निकल रही है अकल दाढ़ और कुछ नहीं
इक साये का छोटा टुकड़ा...

ये 'और' क्या है

मैं जानता हूँ ये 'और' क्या है
मैं जानता हूँ ये 'और' क्या है
ये 'हैमलेट' नहीं है, ये 'लीयर' भी नहीं है
ये 'मैकबेथ' नहीं है 'औथेलो' भी नहीं है
ये 'वेटिंग फॉर गोडो' है
ये 'वेटिंग फॉर गोडो' है जो जो आता नहीं है
जो आता नहीं है बस वेटिंग कराता है वेटिंग कराता है
जो आ गया वो 'और' नहीं जो ना आया वो 'और' है
ये रहता है किसी वीरान जगह पे जिसका ऐड्रेस है मेरे पास...
गुमनाम गली अनजान मुहल्ला हाउस का नम्बर ज़ीरो
जहाँ सारी बस्ती ख़तम हुईं बस वहीं ये बसता हीरो
इसको देखा किसी ने ना आज तक
इसको जाना किसी ने ना आज तक
लेकिन फिर भी ये 'और' है
मैं जानता हूँ ये 'और' क्या है...

हमको तो थ्रिल चाहिए

हमको तो थ्रिल चाहिए, हमको एडवेंचर चाहिए
हमको तो थंडर चाहिए, हमको तो ब्लंडर चाहिए
हमको तो लाल ख़ून और सड़ा मांस
और चट-पट करती लाश
साथ में कोई मचलती माइंड बौगलिंग बात चाहिए...
हमको ना कल्चर चाहिए, हमको बस वल्चर चाहिए
हमको तो ब्लास्ट चाहिए, हमको सब फास्ट चाहिए
हमको तो लम्बी होती चीख़
माँगती भीख
तड़पते इनसानों की नर्व-चिलिंग सौगात चाहिए...
हमको तो चांस चाहिए, हमको तो डांस चाहिए
हमको तो सेक्स उबलता ज़हर पगा रोमांस चाहिए
इस स्नेक-चार्मिंग धरती पर
इस हाउस-वॉर्मिंग मौक़े पर
हमको तो ख़ूनी ब्लडी डार्लिंग रात चाहिए

धीरे से धीरे से बाबा

पत्थर का फूल खिला है
धीरे से धीरे से बाबा
ठोकर मज़बूत लगी है
धीरे से धीरे से बाबा
फिर भी ये मनवा देखो
धीरे से धीरे से बाबा
आदम का जलवा देखो
धीरे से धीरे से बाबा
तेज़ी से चलना चाहे
धीरे से धीरे से बाबा
दिन रात मचलना चाहे
धीरे से धीरे से बाबा
चाहे कुछ और और है
पूछो कि ये और है क्या
तो बोले ये पगला कि मुझको क्या मालूम...
धीरे से धीरे से बाबा
वो दिन भी शायद आए
धीरे से धीरे से बाबा
साथ उस और को लाए
धीरे से धीरे से बाबा
देखेंगे उसको छू कर
धीरे से धीरे से बाबा
पूछेंगे उससे झुककर
धीरे से धीरे से बाबा
ख़ासियत क्या है तुझमें

धीरे से धीरे से बाबा
कि हर इंक बंदा बोले
धीरे से धीरे से बाबा...
कि मुझको और चाहिए
धीरे से धीरे से बाबा...
राज़ ये अब तो खोले
धीरे से धीरे से बाबा...
शायद वो बोलेगा ये
पूछो जाके और किसी से मुझको क्या मालूम...
धीरे से धीरे से बाबा...

ऐसा तो होता है

ऐसा तो होता है...होता है...होता है...होता है होता है
अनजानी रात में...आँख को...मूँद कर...धोखा सा होता है
वो बोलें क्या हुआ...धोखा ही है...इसको भला...क्या यादों में रक्खें
हम हँस के बोलते...छोड़ो सनम...पगले हो क्या...ऐसा भी होता है...?
ऐसा भी होता है...
वो देखो चाँदनी...चाँदी की है नहीं
है फिर किस चीज की...ये भी कुछ तय नहीं
देखो हर घोसला...तिनका तो माँगता
देखो हर फासला...थकना तो जानता
फिर भी हर राह का...अपना अंदाज है
फिर भी हर मोड़ का...अपना कुछ राग है
गर उसको जान लो...तब तो कुछ बात है
वरना तो वो ही दिन...और वो ही रात है
हमने तो हाँ सनम...कुछ जानकर...कुछ बूझकर...ऐसा सा सोचा है
बाकी तुम देख लो...अरे देखना...तो है तुम्हें...भई किसने रोका है
ऐसा तो होता है...

महाकुंड का महादान...

खेला हरि नाम का सट्टा

खेला हरि नाम का सट्टा तेरा छक्का मेरा अट्ठा
पीके इक संगत का मट्ठा थोड़ा मीठा थोड़ा खट्टा
हो गया धरम बावरा
हो गया करम बावरा
हो गई चाल बावरी
हो गया चलन बावरा
इधर तो हरि नाम की छूट, इधर तो हरि नाम की लूट
लूट ले बंदे...
लूट ले बंदे वरना बाद में हैरानी होगी
बाँध के छोड़ेगा गठरी को ये नादानी होगी
बोल दे मुँह से अपने चिलम लगा के
बाबा...बाबा...बाबा...
बोल रे भाई ओम तोम शोम
भाई ओम तोम शोम...
खेला हरि नाम का सट्टा, हो गया रट्टा बैठा भट्ठा
मेरा इक गेहूँ का कट्टा, तेरा इक चाँदी का पट्टा
हो गया जगत बावरा
हो गया भगत बावरा
हुआ जगलोक बावरा
हुआ परलोक बावरा
इधर तो हरि नाम की बीन, इधर तो हरि नाम की छीन
छीन ले बंदे...
छीन ले बंदे वरना बाद में नीलामी होगी
हरि की ना ना करके भी आख़िर में हामी होगी

बोल दे मुँह से अपने चिलम लगा के
बाबा...बाबा...बाबा...
बोल रे भाई ओम तोम शोम
भाई ओम तोम शोम

धरम नाम का चिड़िया बल्ला

आजा धरम नाम का खेलें चिड़िया बल्ला
रे ओ रे लल्ला
ले तू दीन लपक ले
मैं ईमान लपक लूँ
मूँड पे टीका, हाथों में उलझा ताँबे का छल्ला
रे ओ रे लल्ला
तू इनसान लपक ले
मैं भगवान लपक लूँ
देख तेरे हाथों में ताक़त थोड़ी कमती है भई
देख तेरे हाथों ये बाज़ी नाहीं जमती है भई
देख मेरे तो घर में होता है ये खेल रोज़ ही
देख मेरे तो घर में होता है ये मेल रोज़ ही
सोच ले हो जाए ना बीच जगत ज़ोरों का हल्ला
रे ओ रे लल्ला
तू चुपचाप लपक ले
मैं सरेआम लपक लूँ
तू बिना मोल लपक ले
मैं देके दाम लपक लूँ...

श्यामा की साँवरी

ओ बावरी
श्यामा की साँवरी
कुंज गलियों की सूनी भूलभुलैया में
ढूँढ़े रे मन की छाँव री
श्यामा की साँवरी
तेरी गठरी में लागा एक ढेला रे
डोले ना तेरा पाँव री
श्यामा की साँवरी
ओ बावरी...

ये मन तो लागा रे

फँस गया चक्का डगमग गाड़ी
भोर बखत में संगत न्यारी
अटकी चदरी फटी बेचारी
संतन बोले बात ये सारी
मन की पूछ नहीं कुछ बात
ये मन तो लागा रे
मन तो लागा रे...मन लागा रे
सब कुछ भूले चले है
सोचे ना पीछा आगा रे
मन तो लागा रे...मन लागा रे
लागी छूटे तो छूटे कैसे तू ही समझा जा रे
बँध गया हाथ पर जो प्रेम भीगा धागा रे
मन की पूछ नहीं...

चौबोली...

ओ गजवदन

ओ गजवदन करते समर्पण
मुक्त हृदय से वादन–नर्तन
करते हैं आयोजित समागम
महिमामय गौरव को नमन
देते हैं सृष्टि को तर्पण
करके इस नाटक का मंचन
देखें परमजन देखें मानवजन
देखें नवीनतम देखे पुरातन
देखें गुणीजन देखें हैं दुर्जन
देखे धनीजन देखे हैं निर्धन
ओ गजवदन...
नाद की सृष्टि करें जतन से
नाद ही ब्रह्म है परम धर्म है
आचरण उत्तम हमारा
दर्शक होवें दैव हमारे
दर्शकगण आनंद को पाएँ
यही परम आनन्द हमारा
सत्य की जय हो दीन अभय हो
ये जग सारा मंगलमय हो
आशानुरूप कर पाएँ मंचन
कर पाएँ थोड़ा भावों का सृजन
ओ गजवदन...
संध्या की बेला में बैठें सँभल के
अंजलिभर पानी को भर के
पानी ही जीवन है इस जग का

जीव का जंतु का चेतन का जड़ का
सारे चराचर धोएँ अपने
पापों को पावन जल मल के
सारी व्यथा हो दूर हमारी
पावन जल के बीच निकल के
ओ गजवदन...

बजे बदरिया

धिन धिन धा धिनक धिनक धिन धिनक धिनक धिन बजे बदरिया
मौज लेना रे भैया...
नाचे है खड़ी मोरनी के संग उसका मोर सँवरिया
मोज लेना रे भइया...
नाचे है गली गली चौबारा दरवज्जा रे भइया
मौज लेना रे भइया...
नाचे है चली बैलगाड़ी का चर्रख़ चूँ चूँ पहिया
मौज लेना रे भइया...
नाचे है गाँव हमारा आकर अपनी आज अटरिया
मौज लेना रे भइया...
नाचे है ढोर, बैल, डंगर नाचे है बछड़ा भइया
मौज लेना रे भइया...
नाचे है चटख घाघरा चोली में छोरी रे दइया
मौज लेना रे भइया...
नाचे है राधा नाचे मीरा नाचे नाच कन्हैया
मौज लेना रे भइया...

ओ मृगनयनी

ओ मृगनयनी आई कहाँ से रे...
मदिरा की बूँदों सा छलके है तेरे नैनों का प्याला
टप टप करते होंठों से तेरे फूटे है ज्वाला
तपते हुए इन उच्छ्वासों को लाई कहाँ से रे...
ओ मृगनयनी...
कंचन काया...की है स्वामिनी
मुक्त प्रभा सी...है गजगामिनी
इंद्रधनुष सी अँगड़ाई तू लाई कहाँ से रे
ओ मृगनयनी...

बीड़ो...

बीड़ो दूजी थाली का लगे
बड़ा मसालेदार मन बोले चकमक...चमकमक...
चकमक चकमक चकमक
खाई तो मचल गई रे
हो कजरारी नार मन बोले चकमक...चकमक...
चकमक चकमक चकमक
हमको दुनिया की लाज-सरम का
डर लगे है हो जी
हमको दुनिया के लोक-धरम का
डर लगे है हो जी
पर इस जलते करेजवा पे कोई
फूँक मार दो जी
पर इस मनवा की अगिया पे कोई
छींट मार दो जी
मीठी सी कसक छोड़ के
चला गया भरतार मन बोले चकमक...चकमक...
चकमक चकमक चकमक

ओ पानी पानी

सूखी जाए धरा देखो तो ओ...पानी-पानी
प्यासे ढोर खड़े तकते हैं ओ...पानी-पानी
हड्डी-हड्डी बोले उनकी ओ...पानी-पानी
हाड़-मांस गल-गल के बोले ओ...पानी-पानी
हल-कोल्हू में ज़ंग लगा है ओ...पानी-पानी
खेत पीटते छाती अपनी ओ...पानी-पानी

बिटवा बोले प्यास लगी है ओ...पानी-पानी
अम्मा रोये कहाँ से लाऊँ ओ...पानी-पानी
मचा है हाहाकार जगत में ओ...पानी-पानी
मची है चीख-पुकार जगत में ओ...पानी-पानी
पापी राजा छोड़ दे अब तो ओ...पानी-पानी
क्षमा माँग ले अब भी देकर ओ...पानी-पानी
इस पानी का शाप लगेगा ओ...पानी-पानी
बिन पानी की प्यास मरेगा ओ...पानी-पानी
सूखी जाए धरा देखो तो ओ...पानी-पानी

आज तो खोदो जी

आज तो खोदो जी...
दिल की है ये बात आज की रात
बलम से मिलना होगा, हलक़ में दिल हाँ होगा
आज तो होगी रस की बात, हाथ में होगा उनका हाथ
साथ हम गाएँगे
प्रेम प्यार के गीत ये जग की रीत
को अब तो हिलना होगा हलक़ में दिल हाँ होगा
आज तो मर जाएँगे साथ हाथ में पकड़े उनका हाथ
आज तो खोदो जी...

गर जो मैं होता थोड़ा मालदार

गर जो मैं होता थोड़ा मालदार
जेबों में बजती बड़ी ताल
तो हर दिन मेरा बड़ा साल होता
होता मल्लेर कोटला में मेरे
अलमस्त भाँगड़ा हर दिन को
खाने को सबको चटक माल होता
जो होता घोड़ा मेरी गाड़ी में
खच्चर के बदले चच्चा तो
मेरा भी ऐसा बम्ब चाल होता
मेरी भी मसें अभी तक भीगी होतीं
मूँछ अभी तक सीधी होती
गाल टमाटर सुर्ख़ लाल होता
मैं भी फिर राजा होता
तुम सब भी राजा होते
साँसों में मोती जैसे
जीवन की डोर पिरोते
दारू के मटके होते
मस्ती के झटके होते
खेतों की धान सूँघकर
पग्गल से नचते होते
मेरी बिटिया को लेने
कोई शहज़ादा आता
तुम सबसे जफ्फी पाकर
मैं तो पगलाता जाता
चच्चा की टोपी, फिर पंडित की माला

क्रॉस पारी का सोने में मँढ़वा कर मैं
बाँट-बाँट देता...
जो होती क़िस्मत की इक चुम्मी मेरे
गाल पे तो अपनी ज़मीन का
आज अलग कुछ और हाल होता
मेरी रेशम-शीशम के हाथ में इसका
सोने सा गेहूँ चावल
लेके चाँदी का बड़ा थाल होता
गर जो मैं होता थोड़ा...

शाबा जी मल्लेर कोटला

जीती रहो, हँसती रहो, भोली रहो, प्यारी रहो
इस मल्लेर कोटला की ज़मीन के
नन्हे-मुन्ने टुकड़ों तुम तो
जुग-जुग जियो, झीनी रहो, महकी रहो, सीली रहो...
अरे आज हमारे गाँव में देखो भला सी बेला आई
साथ हमारी रेशम-शीशम का वो जनम-दिन लाई
आज गाँव के हर घर में भई पाठ रहेगा सुन लो
ये बोले मल्लेर कोटला का है क़ायदा सुन लो
बोल दो रब्बा से कि वो भी आकर
चख ले थोड़ा रूखा-सूखा
रब ने सलामी मारी हँस के
अरे शाबा जी मल्लेर कोटला शाबा जी मल्लेर कोटला
शाबा शाबा...
एक तरफ़ अमृतसर पड़ता एक तरफ़ लाहौर है
हमको मतलब नहीं किसी से यही हमारा ठौर है
लोग कहें कि मुलुक हमारा अभी हुआ आज़ाद है
बोले हैं वो बड़े विकट हाँ बाहर के हालात हैं
लात पे मारे हम उनकी बातों को
हममें से हर इक ये बोला
हम तो चले हैं भाई सदके
ये गाँव हमारा मुलुक है ये हम्मारा है नन्हा सा घोंसला
शाबा शाबा...
...नाम है मेरा शंकर मियाँ पुलिस की मेरी सूरत
यहाँ पे केवल इक मसले पर पड़ती मेरी ज़रूरत
जैसे ही ये पंडित प्रेम-तलैया निकले घर से

और उधर से लिंक पादरी अपने गिरजेघर से
दोनों के ग़ुस्से को अपने सर माथे ले जाना
मुझे मार लो बाप मगर अब तुम तो चुप हो जाना
शाबा जी मल्लेर कोटला...
...नाम है मेरा ताई फत्तो मैं जोड़ा बिठलाऊँ
कानी हो या कुबड़ी हो मैं सबको तुरत बियाहूँ
शाबा जी मल्लेर कोटला...
नाम है मेरा ख़ुदाबख़्श इस गाँव का मैं हूँ चच्चा
बिना मेरी मर्ज़ी के हिलता नहीं गाँव का पत्ता
अरे ओ चच्चा...अरे ओ चच्चा...
कि ये जो जिन्ना हैं, कि ये जो नेहरू हैं
क़ायदे-आज़म है, वायदे-आज़म हैं
ख़ुदा की भली किताबों में
इनकी इज़्ज़त में कोई नई इबारत
लिखी गई है क्या?
अरे हाँ लिखी गई है, अरे हाँ लिखी गई है
ख़ुदा इन नेक बंदों को
हमेशा मस्त रक्खे
अरे अलमस्त रक्खे
शक्ल पे नूर रक्खे
और मल्लेर कोटला से
हमेशा दूर रक्खे
शाबा जी मल्लेर कोटला...

चम्पा चमेली मुझे जोड़ा दे दे

साँसों की बदली में, रातों की चदरी में
पीपल की छैयाँ में, लक्कड़ की नैया में
भोर के उजाले में, शाम के दुशाले में
भागते कहारों में, लौटती बहारों में
गाय बँधे अँगना में, झनक बाजे कँगना में
बैलगाड़ी चलती में, लाल डोली हिलती में
धूप की कतारों में, मोड़ रस्ते सारों में
बादल की बिजली में, फूल भौंरा तितली में
कुआँ रहट पोखर में, फूस बने झोंपड़ में
मकिया के खेतों में, सोंधती सी रेतों में
बाऊजी की पगड़ी में, चाई जी की चुन्नी में
सोना उगलती ज़मीन नन्ही मुन्नी में
जिसमें तुझे हो पसंद दे दे...
चम्पा चमेली मुझे जोड़ा दे दे
मैं तो बैठी अकेली मुझे जोड़ा दे दे...
बहना हम तो अभी छोटी छोटी सी हैं
फिर भी थोड़ा सा हमको बताना
जीजे आएँगे जो भी हमारे वो कैसे होंगे
तस्वीर हमको दिखाना
...मैं तो दर्ज़ी को ब्याहूँ
मैं तो दर्ज़िन कहलाऊँ
वो तो चाँदी की सूई ले के आयेगा सीने मेरा
जोड़ा रुपहला चमकता
...मैं तो दूरी पे जाऊँ
फिर नज़र ना ही आऊँ

मेरा बाँका तो होगा थोड़ा ग़ुस्सैल दुनिया को
पल में बदलने को चलता
...मैं तो माँगूँगी उसको कि जिसने जहाँ को
किताबों के ज़रिए पढ़ा हो
फिर भी दिल का हो सच्चा भले ही कहीं पे
चोरी-डाका भी उसने किया हो
फिर तो दिक़्क़त है क्या, फिर मशक़्क़त है क्या
ये तो चुटकी बजाई कि काम हो गया
आजा फत्तो ताई री, जोड़ा कैसा लाई री
जल्द करो कुड़माई री, लड़की करो पराई री
...मुझसे बोली मगर थी तू कुछ और ही
तूने होली का वादा किया था मुझे
होली मन भी चुकी, ईद जा भी चुकी
जा चुकी है बैसाखी, ख़बर है तुझे
धान की ये फ़सल देख बढ़ने लगी
ज्वार की साँस हौले से चढ़ने लगी
गुलमोहर की सुहानी सी छैयाँ तले
कोयलों की वो जोड़ी मचलने लगी
अब पपीहे की बेटी भी मारे है तंज़
रंज हमको है तो बस इसी बात का
तू ना अब तक समझ पाई मसला यही
ये बचा है महज़ इक या दो रात का
चम्मपा चमेली मुझे जोड़ा दे दे
मैं तो बैठी अकेली मुझे जोड़ा दे दे...

थिरक कर गाऊँ मैं

थिरक कर गाऊँ मैं
किलक कर गाऊँ मैं
हाय रे मर जाऊँ मैं
ये दुआ दे के
थक के सो जाओ तुम लाड़ली मेरी ओ
थक के सो जाओ तुम चाँदनी मेरी ओ
फिर सुबह उठने की, इक वजह ले के
थिरक कर गाऊँ मैं...
आ जा निंदिया आ जा निंदिया
नरगिसी आँखों में, मुस्का जा निंदिया
चाँद के रथ पे, फूल के पथ पे
शबनमी गेसू को, अलसा जा निंदिया
आ जा निंदिया
झाँकती सलवट पे छा जा निंदिया
टूटती करवट को खा जा निंदिया
फिर बचे अफ़सानों पर कल करेंगे सुबह बात
काहे का डर...
कहीं पे खो जाऊँ मैं
कहीं पे मिल जाऊँ मैं
कहीं पे रो जाऊँ मैं
ये सदा दे के
थक के सो जाओ तुम लाड़ली मेरी ओ
थक के सो जाओ तुम चाँदरी मेरी ओ
हमसफ़र आएगा, इत्तिला दे के
थिरक कर गाऊँ मैं...

जीवन की गाड़ी का ये सिलसिला तो थोड़ा सा बिगड़ा हुआ
पहिए हैं इसमें रोटी की दो दो, सपनों का लटके दिया
और हैं लगामें अँधेरे के हाथों
धचके हैं इसमें करोड़ों जहाँ के सन्-सन् करती हवा
फिर भी मैं तुमको जगने ना दूँगी
झट से छिपा लूँगी
सूती से आँचल में, टूटी सी टपरी में, फूटी सी छतरी में हाँ...
तुमको बस देखूँ मैं
देखकर सोचूँ मैं
सोचकर बोलूँ मैं
बस रहो ऐसे
थक के सो जाओ तुम लाड़ली मेरी ओ
थक के सो जाओ तुम चाँदनी मेरी ओ
होंठ पे मीठी सी, इब्तिदा ले के
थिरक कर गाऊँ मैं...

बधाई हो

बधाई हो
बधाई हो
धाक धिनक धिन घाई हो बधाई हो
ताक तिनक तिन ताई हो बधाई हो
धधा धिधि धुधु धे धैई धो धौ धम धम
धम्म धम्म बधाई हो
तता तिति तुतु ते तैई तो तौ तम तम
तम्म तम्म बधाई हो
अरे धमक मार के पीले अरे चमक मार के पी ले
अरे कड़वी मीठी जैसी भी है नमक मार के पी ले रे
बधाई हो...
कच्ची में तू अंग्रेज़ी की पॉलिश करके पी ले
सर में थोड़ी डाल रगड़ के मालिश करके पी ले रे
बधाई हो...
देसी घी का मार तड़क्का दाल समझ के पी ले
दे के सुट्ट मलाई बाप का माल समझ के पी ले रे
बधाई हो...
बधाई हो बधाई कसाई बलकारा बधाई हो
बाल बाल तू निकल गया है मरने से
रँडवा कुँवारा बधाई हो...
बड़े दिनों तक खाई तूने बिना नमक की दाल
मार ज़िंदगी खींची तूने सब मुर्ग़ों की खाल
खाल के बिना नाचते बोले तेरे...मुर्ग़े हैं देखो जी
बधाई हो...

अब तो पाँच उँगलियाँ घी में होंगी सर में होगी कड़ाही
एक बार भई फिर से रँडवे पड़ी तेरी कुड़माई
आज तो पउआ बोतल सर पे तेरे...वार के नाचें जी
बधाई हो...

सो रहा है बंदे जाग जा

सो रहा है बंदे जाग जा...
आई हूँ सुरग से मैं तो मुश्किलों को झेलती
मैं तेरे लिए सिरफिरे तू देख ले
हाँफ भी रही हूँ थोड़ा काँप भी रही हूँ फिर भी
था ज़रूरी सिरफिरे तू देख ले
मैं ये बताने आई हूँ तू देख ले
साथ वो ज़माना लाई हूँ तू देख ले
तब तू था नहीं जवाँई मेरा देख ले
मेरी ख़ुद हुई सगाई हाँ तू देख ले
वो ज़माना था कि जब लड़ाई में भी लुत्फ़ था
इश्क़ प्यार था कि जितना बाँट लो वो मुफ़्त था
जंग थी ज़मीन की रक़ीब सिर्फ़ एक था
समंदरों के पार जिसका दूर कोई देस था
राजनीति थी तो बस ज़मीन से जुड़ी हुई
है ज़मीन ये हमारी बात बस ख़तम हुई
एक लाला हरदयाल, एक लाला लाजपत
एक था अजीतसिंह, जिसको भूले आज तक
लाहिड़ी था बिस्मिल था रौशन अशफ़ाक था
एक था भगत हमारा इस ज़मीं सा पाक था
फिर ये सारे चल पड़े, बिदाई ले के मुसकरा के
दूर उस गगन की ओर देख ले
छोड़ करके पाक-साफ़ राज की वो नीतियों को
कर हवाले दूसरों को देख ले
दौर आया फिर अजीब देख ले
यार बन गए रक़ीब देख ले

राज की वो नीतियाँ ज़हर बनीं तू देख ले
देस की वो रीतियाँ क़हर बनीं तू देख ले
एक बोला ताज मेरा है ज़मीन मेरी ही
दूजा बोला काट दो अगर है बात टेढ़ी ही
दो ग़ुलाम लड़ पड़े ये भूल करके सिरफिरे
बाँट लेंगे राज पहले राज तो हमें मिले
राज मिल रहा है आज शर्त में बँधा हुआ
फिर भी ये मलेर कोटला है हाँ बचा हुआ
याद रख ज़मीन होती पेट से जनी हुई
ख़ून और पसीने की जुताई से सनी हुई
बेचता है पेट की जनी को तेरी ये मज़ाल
शाप दे पड़ूँगी जल पड़ेगा हाड़ मांस खाल
शाप दे पड़ूँगी जल पड़ेगा हाड़ मांस खाल

चाँद गोरी के घर

चाँद गोरी के घर बारात ले के आ
गोरी ओट में खड़ी है सौगात ले के आ
जो कभी ना बोली गई वो बात ले के आ
जो खिल चुके हों फूल से हालात ले के आ
जिसमें बेकली भी हो, जिसमें शोख़ियाँ भी हों
जिसमें झिलमिलाती रात की बेहोशियाँ भी हों
जिसमें घोंसला भी हो, तिनकों से बुना अभी
जिसके तिनके हों कि ऐसे जैसे टूटें ना कभी
हो जिसमें सरसराहटें, जिसमें खिलखिलाहटें
जिसमें सुगबुगाहटें, जिसमें कसमसाहटें
जिसमें ज़िंदगी भी हो, जिसमें बंदगी भी हो
जिसमें रूठना भी हो तो थोड़ी दिल्लगी भी हो
अनबुझी पहेली सी रात ले के आ
चाँद गोरी के घर बारात ले के आ...

गगन दमामा बाज्यो...

रब्बा ओ रे रब्बा

जाड़ों की भीड़ है निकलती जाए
गर्मी का क़ाफ़िला गुज़रता जाए
बारिश की छींट के जुलूसों के संग
पतझड़ का कारवाँ किलकता जाए
सदियाँ दर सदियाँ बढ़ गईं
रस्तों पे टक टक करके
घड़ियाँ दर घड़ियाँ बढ़ गईं
दरवाज़े दस्तक करके
मौसम का रेला आकर
हाथ को हिलाता जाए
बादल का जत्था आकर
देखे और जाता जाए
वक़्त बोले मैं तो चलता
छोड़ पीछे लम्हे अपने
हो तुम्हें जो फ़ुरसत बैठो
याद को गले लिपटाए
तो...
सतलुज के दूसरे किनारे से रातों में कोई हीर सुनाए
रब्बा ओ रे रब्बा
आँखों में डोलते पखेरू लेकर बैठी वो तो तकती जाए
रब्बा ओ रे रब्बा
ओर रे रब्बा मेरा राँझा ना आया
आए पखेरू देखो राँझा ना आया
ओ रे रब्बा
देख राँझे मैं तो बैठी, हाथ में कलेजा दाबे

हाय अब तो आ जा पापी, हाय अब रहा ना जाए
क्या कहूँ किसी से मैं तो क्या कहूँ कहा ना जाए
आ जा अब तो आ जा बस अब और कुछ सहा ना जाए
ऐसा ना हो कहीं कि मुझको तुझसे ज़्यादा तेरा
इंतज़ार भाए रब्बा ओ रे रब्बा
सतलुज के दूसरे किनारे से...

मेरा रँग दे बसंती चोला

मेरा रँग दे बसंती चोला माई...
मेरे चोले में तेरे माथे का पसीना है
और थोड़ी सी तेरे आँचल की बूँदें हैं
और थोड़ी सी है तेरे काँपते बूढ़े हाथों की गर्मी
और थोड़ा सा है तेरी आँखों की सुर्ख़ी का शोला
इस शोले को जो देखा तो आज ये
लाल तेरा बोला अरे बोला
मेरा रँग दे बसंती चोला माई...

सरफ़रोशी की तमन्ना

सरफ़रोशी की तमन्ना अब हमारे दिल में है
देखना है ज़ोर कितना बाज़ुए-क़ातिल में है
वक़्त आने दे बता देंगे तुझे ऐ आसमाँ
हम अभी से क्या बताएँ क्या हमारे दिल में है
सरफ़रोशी की...

देख फाँसी का ये फंदा ख़ौफ़ से है काँपता
उफ़ कि जल्लादों की हालत भी बड़ी मुश्किल में है
नर्म स्याही से लिखे शेरों की बातें चुक गईं
इक नई बारूद से लिक्खी ग़ज़ल महफ़िल में है
देखना है ज़ोर कितना...

आँख से टपकी लहू की बूँद को ले हाथ में
सर कटा दें ऐ वतन बस ये ही हसरत दिल में है
ज़िंदगी के रास्तों पे ख़ूब यारो चल लिये
अब ज़रा देखें छुपा क्या मौत की मंज़िल में है
देखना है ज़ोर कितना...

वतन की आबरू का

वतन की आबरू का पास देखें कौन करता है
सुना है आज मक़्तल में हमारा इम्तिहाँ होगा
इलाही वो भी दिन होगा जब अपना राज देखेंगे
जब अपनी ही ज़मीं होगी और अपना आसमाँ होगा
इलाही ये तो सर पे क़र्ज़ है देना ही देना है
इलाही ये तो अटकी नाव है खेना ही खेना है
इलाही ये तो टूटी फाँस है जो दर्द देती है
इलाही खींचकर इसको कभी तो फेंक देना है
इलाही आज ये है घोंसला नन्हे से चूज़ों का
कभी तो ये हरेक चूज़ा उबलता नौजवाँ होगा
वतन की आबरू...
इलाही आज गोरी की तबीयत फीकी फीकी है
इलाही आज उसकी भी ज़रूरत तीखी तीखी है
इलाही बिस्तरों की सलवटों का हाल रूठा है
इलाही घुँघरुओं की धड़कनों का ताल टूटा है
इलाही आएगा वो दिन जो गोरी बीच में होगी
और उसको घेरकर चलता थिरकता कारवाँ होगा
वतन की आबरू...
इलाही जिस तसव्वुर को कभी हाँ ख़ूँ से सींचा था
इलाही जिस तसव्वुर के लिए गर्दन को भींचा था
इलाही जिस तसव्वुर के लिए हर आग पी ली थी
इलाही जिस तसव्वुर के लिए हर मौत जी ली थी
इलाही क्या कभी सोचा था अपने उस तसव्वुर से
जो उपजेगा कभी ऐसा भी ये हिन्दोस्ताँ होगा
वतन की आबरू...

पगड़ी सँभाल जट्टा

पगड़ी सँभाल जट्टा उड़ी चली जाए रे
पगड़ी की गाँठ पे कोई हाथ ना लगाए रे
मोड़ दे हवा के रुख़ को जो वो आड़े आए रे
रोक दे उमड़ती रुत को आँख जो दिखाए रे
सरकटी उम्मीदों के पल याद में सजाए रे
ख़ून से सनी मिट्टी को भूल तो ना जाए रे
देख देती है वो क़समें अब मचा दे हाय रे
फिर भले ही सारी पगड़ी ख़ून में नहाए रे
पगड़ी सँभाल जट्टा...

आई बैसाखी

मस्त नाच दे भँगड़ा जट्टा आई बैसाखी
बैलों के चर्ख़ चूँ की आवाज़ खोल दे
गला फाड़ के बोले सो निहाल बोल निहाल बोल दे
मस्त नाच दे...
खड़ी फ़सल के खेतों का अंबार खोल दे
गगन बोल दे धरती और पाताल बोल पाताल बोल दे
मस्त नाच दे...

कौन हैं हम

कौन हैं हम और हैं आए कहाँ से क्या है हमारा ठिकाना
हँस देते हैं हम जो पूछे है हमसे, बातें यहीं ये ज़माना
गाते हैं क्यों और चिल्लाते हैं क्यों हम बेकार है ये बताना
हमारे लिए है, लहू गर्म रखने का छोटा सा ये इक बहाना
मगर याद रखना, लहू की हमारी, जो गर्मी रहेगी यहाँ पर
तुम्हें अपने ख़ूँ की, हरेक बूँद में है, उसी से उबाला लगाना
आए है हम तो, चले जाएँगे भी, रह जाएगा ये तराना
क़सम है तुम्हें कि, हाँ बाद हमारे तुम भी इन्हें गुनगुनाना

वक़्त के पन्नों की रफ़्तार

वक़्त के पन्नों की रफ़्तार का आलम
क्या पूछो सरकार भागते रहते वो हर बार
गली बाज़ार छोड़कर
साथ में लेकर चलते हैं वो बीती
उथल-पुथल की मार बला से रुके चले
कोई भी कारोबार छोड़कर
थाम लेते हैं वो तो सधी लगामें घड़ी घड़ी की
रोक लेते हैं वो तो चढ़ी उठानें बड़ी बड़ी भी
और जो आया कोई ख़ौफ़नाक तूफ़ानी नाला
थपक के सुला सुला देते हैं लहरें बढ़ी चढ़ी भी
उन्हें तो कहाँ हुआ है भूले बिसरे
मौसम-रुत से प्यार वो तो बस चलते जाते
पतझड़ और बहार छोड़कर
वक़्त के पन्नों की...

आज तो हो ज्जाये

आज तो हो ज्जाये जो होता आया है और होता जाएगा
उसको रोकेगा कौन भला तुम बोलो
उसे तो होना है और हुआ करेगा होने में उसकी होनी है
नहीं हुआ तो किधर मरेगा बोलो
लेकिन हुआ करे तो होने दो उसको ना रोको वो तो होकर
ही कुछ कर दिखलाएगा अरे बोलो
आज जो होता है सो होने दो अब देखें कितना हो सकता है
यही नाप लें फितरत अपनी बोलो
आज तो हो ज्जाये...
आज तो हो ज्जाये ये बोल दीवाना
चढ़ा ताज के ऊपर
उल्टा है ये खेल कबूतर
चढ़ा बाज़ के ऊपर
चौंक पड़ा मदहोश ज़माना
बजे साज़ के ऊपर
जाग उठी तक़दीर हँस पड़ी
इस आवाज़ के ऊपर
और शहंशाह हैं भौचक्के
किधर गिरी है बिजली
दूर देश की मलका बोली
हवा है बदली बदली
अंधड़ बोला आँधी बोली
आज क़हर टूटेगा
ये कमान का तीर यहीं
चिंघाड़ मार टूटेगा
आज तो हो ज्जाये...

आज तो जो भी सूझे

आज तो जो भी सूझे लाद पीठ पर ले के आओ
टैंक का जत्था लाओ, तोप की गड्डी लाओ
एक मोटर में भर के, बमों की खड्डी लाओ
आज तो देखें क्या क्या अरमाँ ले के तुम भी चलते
दिलों में कितना आज मेहरबाँ ले के तुम भी चलते
देख लो लेकिन हो जाए ना ये सब सामाँ भारी
दोष ना हमको देना आज पड़ी है गरज तुम्हारी
आज तो जो भी सूझे...

सरकार नाच दी

आज तो मचा बवंडर ये कैसा सरकार नाच दी
आज तो हुआ ग़ज़ब है वो तो ज़ारो-ज़ार नाच दी
यार के पढ़ के दिल का हाल सरे-बाज़ार नाच दी
यार ने हँस के बोला नाचे वो सौ बार नाच दी

लाईफ़ एंड टाईम्स ऑफ गैलिलियो...

आओ ज़रा ब्रह्मांड को

आओ ज़रा ब्रह्मांड को
बारिश में डूबे चाँद को
सूरज सितारे और संग में
बेख़बर इनसान को
उस दूर की दुनिया में करके सैर तुम भी देख लो
तुमको मिलेगा कुछ धुआँ
इक झोंपड़ा काला पड़ा
और ख़ून की स्याही से लिक्खा
दौर इक उजड़ा हुआ
उस दौर पे नज़रें गड़ा के ख़ैर तुम भी देख लो
कुछ चीख़ होंगी गूँजती
बचपन मिलेगा काँपता
कुछ लाश होंगी सर कटी
और इक बुढ़ापा हाँफता
कुछ लोग होंगे बोलते
हमने रचा है धर्म को
हमने गटककर पी लिया है
धर्म के हर मर्म को
लो ख़ंजरों से धर्म का
हिस्सा हमारा काट दो
हम धर्म की दुनिया बसाएँगे
इसे तुम बाँट दो
इन काले से ख़्वाबों में करके सैर तुम भी देख लो

गैलिलियो फ्लोरेंस गया

गैलिलियो फ्लोरेंस गया माना नहीं
साथ में लेकर अपना टेलिस्कोप
और लेंस गया माना नहीं
दरबार वहाँ का अजब-ग़ज़ब
सरकार वहाँ की अजब-ग़ज़ब
कि नन्हा राजकुमार वहाँ बस नौ साल का था
बस नौ साल का था...
इसलिए सत्ता पर अधिकार चलाते
धर्म के दावेदार, वहाँ के हुक्मरान थे
वहाँ के हुक्मरान थे...
वो बोले देखो इसको, साथ में क्या लाया है
आग का लपट मारता, सुर्ख़ गोला लाया है
ये तो सितम करेगा, स्वर्ग को ख़तम करेगा
ईश्वर किधर उठेगा, ईश्वर किधर चलेगा
करो कुछ जाँच करो पड़ताल
नहीं तो सरेआम मिट जाएगा आकाश और पाताल
मगर जब पृथ्वी के सबसे महान
उस खगोलशास्त्र के ज्ञाता
क्रिस्टोफर फ्लैवियस ने उसकी जाँच करी तो पाया...
अरे वो सच कहता है, अरे वो सच कहता है
फिर तो मचा तहलका, गैलिलियो गैलिली का
हर तरफ़ नाम फैलता, गैलिलियो गैलिली का

गैलिलियो...तुम्हारा क्या जाता है

इसको अब भी पढ़ाया जाता है
तो पढ़ाने दो ओ गैलिलियो
तुम्हारा क्या जाता है
ये धरती है आधार
ब्रह्मांड का
इसके चारों तरफ़ घूमता है
सूरज, चाँद और तारों का ये संसार
घूमता जाता है तो जाने दो
तुम्हारा क्या जाता है ओ गैलिलियो...
ये कहते हम नहीं
ये कहते धर्म के दावेदार
किताबों से पढ़कर हर बात सिलसिलेवार
करो ऐतबार, कि हर इतवार चर्च के आँगन में
ये ही बतलाया जाता है
तो बताने दो ओ गैलिलियो
तुम्हारा क्या जाता है
इसको अब भी पढ़ाया जाता है
तो पढ़ाने दो ओ गैलिलियो
तुम्हारा क्या जाता है...

गैलिलियो बस

जनवरी दस
सोलह सौ दस
गैलिलियो बस
गैलिलियो बस बस
गैलिलियो बस...
हाहाकार मचेगा गैलिलियो बस
घोर अंधकार उठेगा गैलिलियो बस
चर्च फुंकार उठेगा गैलिलियो बस
पोप हुंकार उठेगा गैलिलियो बस
दावानल भड़केगा गैलिलियो बस
देवता चीख़ पड़ेंगे गैलिलियो बस बस
गैलिलियो बस...

चाँद को मत देखो गैलिलियो

चाँद को मत देखो गैलिलियो
उस चाँद में तो दाग़ है
उसमें इक दबी दबी आग है
उसका इक ख़ौफ़नाक़ राज़ है
क्यों इन ख़ूँखार कुंडली मार
नाग के जत्थों को फुफकार
जगाते हो
क्यों इन ज़हर बुझे बिच्छू के ढेरों
को दे दे ललकार
जगाते हो
कुछ राज़ राज़ ही रहने दो
चुपचाप रहो उन्हें कहने दो
तुम क्यों गूँगों की बस्ती में
यू सरेआम अल्फ़ाज़
जगाते हो
चाँद को मत देखो गैलिलियो...

ओ रे बाबा हम चाँदी नहीं माँगते

ओ रे बाबा हम चाँदी नहीं माँगते
ओ रे बाबा हम सोना नहीं माँगते
हम हीरे का ख़ज़ाना नहीं माँगते
गर हम कुछ माँगते माँगते हैं तो अपना हक़
माँगते माँगते माँगते
हम यूँ ही कट जाना नहीं माँगते
हम यूँ ही जल जाना नहीं माँगते
हम यूँ ही मर जाना नहीं माँगते
गर हम कुछ माँगते माँगते हैं तो अपना हक़
माँगते माँगते माँगते
पोप सुन लो ज़रा, तुम भी ये दासताँ
हमने सीखी है ये, गैलिलियो की ज़ुबाँ
धर्म तुम्हारा था, हज्जारों साल से
आज हमारा है, ऐसा उसने कहा
हम स्वर्ग–नरक का फ़साना नहीं माँगते
उलझा हुआ ताना–बाना नहीं माँगते
गर हम कुछ माँगते माँगते हैं तो अपना हक़
माँगते माँगते माँगते
हम जीने का बहाना नहीं माँगते
हम गुज़रा ज़माना नहीं माँगते
हम बासी ये तराना नहीं माँगते
गर हम कुछ...
ओ ज़मींदार भई, तूने जो जुल्म किए
इक इक करके सभी हमने मालूम किए
झूठा लगान था, झूठा फ़रमान था

झूठी हर बात थी, झूठा हर दाम था
हम झूठा लगान चुकाना नहीं माँगते
खेतों में बारूद उगाना नहीं माँगते
गर हम कुछ माँगते माँगते हैं तो अपना हक़
माँगते माँगते माँगते
भूखे बच्चों को रुलाना नहीं माँगते
हम फेंका हुआ खाना नहीं माँगते
अब हम थक जाना नहीं माँगते
गर हम कुछ...

फिर वक़्त चला

फिर वक़्त चला और बात चली
और ले के सबको साथ चली
ऐसी थी वो सौगात गैलिलियो गैलिली की
अरे सूरज क्या और चाँद भी क्या
धरती भी क्या ब्रह्मांड भी क्या
हर कोई सुने था बात गैलिलियो गैलिली की
बोली वो छोटी सी बच्ची बापू से
...क्या बोली?
चाँद पे वो नानी बैठी तो क्यों बैठी
...क्यों बैठी?
पूछर हर किसान ने ज़मींदार से
...क्या क्या पूछा?
दाम कहाँ है मेरा जो था
...कल का छूटा-छूटा?
हाँ या ना का दौर गया अब रात चली
सुबह हुई और 'क्यों और क्या' की बात चली
फिर वक़्त चला...
पृथ्वी से हर पूछे बंदा
क्यों क्या कैसे?
स्वर्ग से हर पूछे बंदा
क्यों क्या कैसे?
सृष्टि से हर पूछे बंदा
क्यों क्या कैसे?
भक्ति से हर पूछे बंदा
क्यों क्या कैसे?
ले के अनोखे ऐसे वो हालात चली
चुप चुप सा इक लेके झंझावात चली
फिर वक़्त चला...

फिर आई अप्रैल फूल की शाम

फिर आई अप्रैल फूल की शाम
गैलिलियो गैलिली के नाम
कि जिसका इतिहासों में ज़िक्र है उस दिन
दहल गया ब्रह्मांड
बात सन् सोलह सौ बत्तीस की है
जब गुज़र चुके थे साठ साल
गैलिलियो ने कर दिया था कमाल
जब रोम शहर का बच्चा बच्चा
चीख़ चीख़ कर
थिरक थिरक कर
बोल उठा कि हमें साँस लेने दो हम भी ज़िंदा हैं
ओ धर्म के ठेकेदारो हमको छोड़ दो हम ख़ुद ही तय कर लेंगे अपना
अंजाम...
हमको पता नहीं उस बखत नामालूम
कहाँ था हिंदुस्तान
नामालूम कहाँ था पाकिस्तान
जो हमको मालूम है वो ये है उस दिन
रोम शहर की गली गली में
सड़क सड़क पर
कूचे कूचे
फटे बाँध सा हदें फोड़कर
दो हज़ार सालों से जकड़ी चहुँमुखी सरहदें तोड़कर
उमड़ पड़ा आवाम...

ओ वर्जीनिया

ओ वर्जीनिया ओ वर्जीनिया
कि इक दिन आएगा वो लुडविको
ले के बाँहों का हार तुम्हारे सामने
जो नामालूम कि पिछले आठ साल से
चला गया है कहाँ
मगर फिर भी वो आएगा क्यूँकि ये दिल
तुम्हारा देता है इक दस्तक
धक धक धक...
ओ वर्जीनिया ओ वर्जीनिया
तुम्हारे पापा तो सब कुछ भूले हुए
अब उनकी याद में वो सब धुँधले हुए
अब उनके होश में सूरज तक है नहीं
चाँद सितारे भी भूले बिसरे हुए
ओ गैलिलियो भूलकर बेटी को
दिन रात खेलते पानी से क्यों छप छप
छप छप छप...
ओ वर्जीनिया ओ वर्जीनिया...

ओ री दुनिया

ओ री दुनिया ओ री दुनिया
मेरे ख़्वाबों की दुनिया
इस ज़मीं के सुनहरे किनारों पे अपने, क़दम को जमाए ठहाका लगाए
खड़े मुँह उठाए, वो नीले वो पीले
कभी सुर्ख़ रंग से सराबोर उन आसमानों की दुनिया
ओ री दुनिया...
वो चमकते ज़मीं पे नज़र को गड़ाए, कभी खिलखिलाते कभी
टिमटिमाते
कभी शर्म खाते औं इंसाँ की उम्मीद
को यूँ जगाते हुए चाँद तारों के ताबों की दुनिया
ओ री दुनिया...
उधर आग का वो चमकता दमकता, मनो रोशनी से उबलता पिघलता
वो गोला जो दुनिया को
रौशन कराने का ज़िम्मा उठाए
टहलता यहाँ से वहाँ तक सुबह शाम
जैसे कि मुस्तैद हो इक सिपाही
कि हर एक राही को
रस्ते के पत्थर की पहचान हो ये बताते हुए
आफ़ताबों की दुनिया
ओ री दुनिया...
नहीं है ये काले से ख़्वाबों की दुनिया
नहीं है ये बुझते चिराग़ों की दुनिया
ये दुनिया के आगे की दुनिया समझ ले
है ऐसे ये ऊँचे इरादों की दुनिया

कैसी बातें करती हो वर्जीनिया

कैसी बातें करती हो वर्जीनिया
वो देखो आंद्रिया, फुलगैंज़ियो, फेद्रोज़िनी
हैं खड़े साथ में रोम खड़ा
और खड़ा हुआ इतिहास कि जिसको नए दौर की शुरुआत का स्वाद
चखाया गैलिलियो ने
वो बेताब खड़े ये जानने उस नए दौर की शुरुआत का क्या हुआ
कैसी बातें करती हो वर्जीनिया...

दुविधा...

गुड़िया रानी तो

नदिया की धारों को
फूस की क़तारों को
झोंपड़ों दीवारों को
धान गेहूँ ज्वारों को
धूप के सवेरों को
दोपहरी के घेरों को
शाम के घनेरों को
रात के थपेड़ों को
रानी माँ की रानी तुम तो
रानी माँ की रानी हो
कहानी हो...दीवानी हो...नादानी हो...अनजानी हो...
गुड़िया रानी तो ठुमक-ठुमक खिलखिलाए हाय देखो
दाँत पे चढ़ा है मोती पानी जी
गुड़िया रानी तो पायलों की ताल में चली है कैसी
झुमक झुमक झुमक नादानी जी
गुड़िया रानी तो...
गुड़िया रानी की ठौर में तो भोज राजा आए गुड़िया रानी तो...
गुड़िया रानी की ठौर में तो गाजा बाजा आए गुड़िया रानी तो
गुड़िया रानी तो हल्दी में पूरी ही नहाए गुड़िया रानी तो
गुड़िया रानी तो घूँघटों की ओट कसमसाए गुड़िया रानी तो
गुड़िया रानी तो पालकी में बैठ रो पड़ी रे देखो
माँग में चूढ़ा है मोती पानी जी
गुड़िया रानी तो...

अँधेरे की ये रीत

अँधेरे की ये रीत
सवेरे की ये बाट
सितारों की ये रात
रुकाए ना रुके
झरोखे का ये चाँद
खटोले की ये सेज
दीवारों की ये प्यास
बुझाए ना बुझे
सुनहरी सी ये साँस
रुपहली सी ये नींद
रसीली सी ये पीर
मिटाए ना मिटे
ये रतिया रतिया जाग
ये अँखिया अँखिया आग
उमंगों का ये राग
दबाए ना दबे
अँधेरे की ये रीत...
पूछ लो प्रीतम अँधेरे से जिसने दी है हँस के इजाज़त
मिलन की
देख लो खिड़की से तारों को बोलते हैं वो भी तो
अपने ही मन की
पूछ लो कि दुनिया में किसने है समझी ये पीर
निगोड़ी रे तन की
ये क्या तन की ही पीर है या कुछ और भी है झूठ ना बोलो

तुमको क़सम दी
छोड़ो छोड़ो ये बातें तो फिर सोच लेंगे रात ठहरी है
मीठी मिलन की
अँधेरे की ये रीत...

छुनन छुनन किलल किलल टुकुर टुकुर

चाँदनी के रस्तों से यूँ, हौले से आतीं
नींदों की बारातें
साँसों के दरख़्तों से देखो झाँके सुबह की
मीठी सौगातें
चाँदनी के रस्तों से यूँ छुनन छुनन किलल किलल टुकुर टुकुर...
देखो देखो तारों को बाँधे आया गली में कोई जादूगर
देखो देखो चंदा को लादे काँधे पे ये ढूँढ़े किसका घर
देखो सारे के सारे पूछे किस्से करनी है बातें
देखो देखो ताके हैं सारे कोई करेगा अब करामातें
हाय देखो ज़िंदगी ने छोटी सी प्यारी सी करवट ली है अभी
सच्ची मुच्ची की धड़कन से अब कहेंगे
हम भी मुलाक़ातें
चाँदनी के रस्तों से...

देखो जी मेरी प्रियतमा

देखो जी मेरी प्रियतमा मैं वो नहीं हूँ जो तुम्हें
आता नज़र हूँ प्रियतमा ओ प्रियतमा
पर हाँ वो भी ना हूँ छोड़कर तुमको सुलगती सेज पर
जो दूर जाता प्रियतमा ओ प्रियतमा
मेरी प्रीत झूठी है नहीं मैं बोलता हूँ सच भला
आज़मा के देखो प्रियतमा ओ प्रियतमा
मैं तो मर चुका हूँ अब ना मारो और मुझको आँख में मोती भरे
मैं बोलता हूँ प्रियतमा
तुमको मैं नहीं दे पाऊँगा धोखा ओ मेरी ज़िंदगी
अब जो भी बोलो प्रियतमा ओ प्रियतमा
पर अब तुम बिना भी रह नहीं पाऊँगा सच मैं बोलता
अब फैसला तुम ही करो ओ प्रियतमा...
देखो जी मेरी प्रियतमा...

भूले नाम की भोली ज़िंदगी

भूले नाम की भोली ज़िंदगी
बूढ़ी याद की ताज़ी ज़िंदगी
आँखों की नमी होंठों की हँसी

माथे की लकीरों की हर ख़ुशी
तारे देखकर बैठा है कोई
चंदा ताकता रहता है कोई
कोई है जिसे कोई खोज है
कोई है कहीं आता रोज़ है
कोई है जिसे कोई आस है
कोई है कहीं आसपास है
कोई है सवालों की ओट के घूँघटों में रहता
कोई है जवाबों की बाट को साथ साथ सहता
देखो देखो जाने कहाँ से दीये की इक बाती बोली है
अँखियाँ दबा लो थोड़ा सो जाएँगे सारे सवालातें
चाँदनी के रस्तों से यूँ हौले से आतीं नींदों की बारातें
साँसों के दरख़्तों से देखो झाँके सुबह की मीठी सौगातें
चाँदनी के रस्तों से यूँ
छुनन छुनन किलल किलल टुकुर टुकुर

कॉकेशियन चॉक सर्किल उर्फ़ खड़िया का घेरा...

अरे हाकिम जी भई

एक धमाका हुआ शहर में
जंग छा गई चार पहर में
नेज़े भाले तोप तीर...बंदूक़ें आईं आगे
सिसकी करवट...भोलेपन के...तड़ तड़ टूटे धागे
रोया बचपन...बिकी जवानी...उठी हर तरफ़ चीख़ें
टकटक देखे सुन्न बुढ़ापा...सुर्ख़ ज़मीनें नीचे
अरे हाकिम जी भई...
तेरे महलों में हुई है सफ़ेदी
तो झोंपड़ी की नल्ली में अटका है गोबरों का ढेर
अरे हाकिम जी भई...
तेरे महलों में मुर्ग़ी पकी है
तो प्याज़ आलू गलियों में हो गए हैं साठ रुपए सेर
अरे हाकिम जी भई...
अरे हाकिम शहर का है सबसे बड़ा
फ़ौजें हैं उसकी तो उससे भी बड़ी
हाकिम के दर पे भिखारियों की लैन
बाई गॉड बाई गॉड उनसे भी बड़ी
हाकिम के पेट में ज़माना बैठा है
हाकिम की जेब में ख़ज़ाना बैठा है
हाकिम की जनता तो भूखों मरे
हाकिम के बाप का क्या जाना बैठा है
हाकिम की बीवी का नाम 'चक्कू'
पान खाए थूकती है थू थू थू
प्यार से भी बोलती है वो जो कभी
कि 'ख़ून पी जाऊँगी रे आई लव यू'

हाकिम ने ठीक बस इक काम किया
ग़लती से हो गया क्या करता भला
एक बार 'चक्कू' को चूमा यूँ ही
एक साल बाद हाय बेटा हो गया
अरे हाकिम जी भई...
अपने लल्ला को झूले झुलाना
पर देख लेना लल्ला शहर के हैं भूखों पड़े
अरे हाकिम जी भई...

कानों ने सुनी

कानों ने सुनी
सीने ने सुनी
दिल ने सुनी पीछे
छुनन छुनन बोली में बोला था कोई
पर रोकर नहीं
ज़िद से नहीं
बोला था वो आँखें मींचे...
छोड़ के मत जाओ तुम डर लगे है नीचे
मैं रो जाऊँगा
मैं सो जाऊँगा
मगर जाग जाऊँगा पीछे...
चुनन मुनन पैरों से दौड़ूँगा कैसे
ये धुआँ मुझे
जला जाएगा
मैं थक जाऊँगा साँसें खींचे...
किलल किलल बोली में चीख़ूँगा कैसे
ओ गोदी से ना तुम उतारो...

जाओ सिपाही

ये थकन कैसी चीज़ है थकन थकन
ये तपन कैसी चीज़ है तपन तपन
ये जलन कैसी चीज़ है जलन जलन
जिसने धड़कनों को छू लिया
आँसुओं को पी लिया
मौत सामाँ जी लिया
ये उसके वास्ते बनी जनम जनम
जनम जनम
जनम जनम
ये थकन...
ये तपन...
ये जलन...
जाओ सिपाही उस अंधी लड़ाई में
भारी से बूटों के पाँवों में
पलकों पे सपनों को ले करके बैठूँगी
पथरीली चौखट की छाँहों में
जाओ सिपाही जाओ जाओ
जाओ रे...
आएँगे जत्थों के जत्थे जो वापस
मैं तो बस टक टक टक देखूँगी
गुज़रेगा रेला जो फ़ौजों का भारी
मैं तो बस टक टक टक देखूँगी
धुएँ के बादल में, तोपों के आँचल में
बारूद की ख़ुशबू में, घावों की बदबू में
पीपल की छैयाँ में, बाग़ों की बैयाँ में

पतझड़ के सूने में, झोंकों की चुप्पी में
धड़कन ख़ामोशी में, साँसें मदहोशी में
मैं तो बस टक टक टक देखूँगी...
आँसू की बूँदों की माला पिरोकर
डब डब डब आँखों को लाऊँ मैं
सीने से टिक करके इतना मैं रोऊँगी
सुबकी में मुस्काती जाऊँ मैं
जाओ सिपाही जाओ जाओ
जाओ रे...

बड़ा आदमी

बड़ा आदमी बड़ा आदमी बड़ा आदमी
मालूम तुमको क्या होता है बड़ा आदमी
बड़ा आदमी बड़ा आदमी बड़ा आदमी
आम आदमी से होता कुछ बड़ा आदमी
गले में चाँदी जिसके हो
दाँत पे सोना जिसके हो
हाथ में चाबुक जिसके हो
ख़ून में गर्मी जिसके हो
हाय पर ख़ून के आँसू रो रो देता बड़ा आदमी
पैर तले चादर जब खिंचती बड़ा आदमी
देखो रे बड़ा आदमी आया
घबड़ाया भरमाया
मरघट जाए फिर ना आए ये उम्मीदें लाया
देखो बड़ा आदमी...
पगड़ी झूले नीचे
पड़ा अँधेरा पीछे
आँख में आँसू चेहरा काला धूल में लिथड़ी काया
देखो बड़ा आदमी...

बोलते हैं जो भी मुझको

बोलते हैं जो भी मुझको
मैं तो टूटा साज़ हूँ मैं
जा चुकी आवाज़ हूँ मैं
धूल लिथड़ा ताज हूँ मैं
आँख आँसू, हाथ जोड़े
सर झुकाए लाज हूँ मैं
कल की मिट्टी में दबा इक
पस्त बेबस आज हूँ मैं...
मैं उन्हें बस ये बता दूँ
मैं धधकता नीर भी हूँ
मैं उबलती पीर भी हूँ
मैं अगर प्रारंभ हूँ तो
मैं ही बस आख़ीर भी हूँ
मेरे अंदर दाग़ है तो चाँद तक में दाग़ भी है
मेरे अंदर दूध है तो सुर्ख़ भभकी आग भी है
आग है जो मेरे अंदर मैं पिया की सेज भी हूँ
मैं सखी हूँ मैं सहेली मैं मिलन का तेज भी हूँ
मेरे सीने से लिपटकर रो पड़े संसार सारा
मेरे काँधे पे सिमटकर सो रहे रातों का मारा
ओस भीगी रात हूँ मैं
थपकियों की बात हूँ मैं
मैं सनम की साँवरी हूँ
मैं बलम की बावरी हूँ
मेरे अंदर दर्द सारा इस जहाँ का क़ैद है तो
'पी कहाँ' की धुन बजाता
शोख इक अंदाज़ भी हूँ

मैं इंतज़ार करूँगी

जो चले सो ज़िंदगी रुक गया तो मौत है
ज़िंदगी आवाज़ है मौत बस ख़ामोश है
पी की यादों के तले वो चली जाती थी हाँ
आएगा मेरा सिपाही फिर भी ये संतोष है
आए लेकिन अब सिपाही मेरा जंग ना हार के...
अलमस्त सिपाही मेरी जाँ
डंके की चोट पे कहूँ यहाँ
कि जंग हार के मत आना हाँ जानाँ
ओ जानाँ मैं इंतज़ार करूँगी
है आँख का आँसू इक बोला
हर साँस आग का इक शोला
कि पीठ दिखा के मत आना हाँ जानाँ
ओ जानाँ मैं इंतज़ार करूँगी
ये जंग हमें ना चाहिए
ये चीख़ हमें ना चाहिए
ये ख़ून नहीं और ये ख़ूनी
तारीख़ हमें ना चाहिए
पर फिर भी ये जंग होती है
जब होती है तो करते हैं
जब करते हैं तो ख़ून बहाकर आना
ओ जानाँ मैं इंतज़ार करूँगी...

जज था भैया अज़दक

फटे हाल का भूख प्यास से पिटे हाल का
जिनकी जेबें फूल रही थीं होंठ सर्द हो सूख रहे थे
जिनके घर थे चूल्हे ठंडे बच्चे थर थर काँपे...
उनका तो था बस एक सहारा नाम था उसका अज़दक
जज था भैया अज़दक, लगता था जैसे अदरक
फटा पजामा उलटी बंडी मुँह से आती बास
शहर का जज था भैया अज़दक...
उलट खोपड़ी तुरत फैसला रिश्वत लेता साथ
शहर का जज था भैया अज़दक...

हाकिम का बेटा

ईस्टर के इतवार को
लोगों ने भई पहली बार को
हाकिम के बेटे को देखा...
वो था गोल गोल मक्खन का गोला चमक मारता
आँखों को बंद करे और कभी घुमाता दमक मारता
कडबरीज़ के पैकेट सा वो रैपर में था लिपटा
दो उल्लू के पट्ठे संग में इक नाटा इक गिट्ठा
वो दोनों डॉक्टर थे...
वो दोनों डॉक्टर थे...
अकल थी उनकी घुटनों में
और दिल निक्कर की पॉकेट में
और बॉडी ऐसी कि बिजली का
तार हिल गया सॉकेट में

ये थी कहानी एक शहर की

ये थी कहानी...एक शहर की
सबकी जुबानी...ख़ून क़हर की
थोड़ी सच्ची...थोड़ी झूठी...थोड़ी मीठी खारी
थोड़े आँसू...थोड़ी हँसी भी...थोड़ी प्यारी प्यारी
इसका लेकिन...जोड़-जोड़ कर एक निकलता मतलब
करना है इंसाफ़ यहाँ तो हमें चाहिए अज़दक
अरे साहिब जी भई
ये कहानी को घर में सुनाना
पर सोच लेना ये थी सिरफ इक कहानी नहीं
अरे साहिब जी भई...
हमने सुनी और तुमने सुनी
घटती मगर ये हक़ीक़त में हैं
इनसान मरता है सिर्फ़ इसलिए
कि मरना तो उसकी तबीयत में है
मरने का ये ख़याल छोड़ो ज़रा
झाँक करके देखो फिर तुम ज़िंदगी में हाँ
किसकी मज़ाल है जो छू ले तुम्हें
इंसाफ़ अपना करोगे यहाँ
बाहर की जंग तो लड़ेंगे बाद में
अंदर की जंग में तो लाएँ क़रार
बाहर की जंग में शरीर कटेगा
अंदर की जंग में तो दिल कटेंगे यार
बॉर्डर पे जंग हो या गलियों में हो
बिकता है कौड़ियों के दाम आदमी
हिंदू नहीं ना मुसलमान सिख

मरता है उसमें बस आम आदमी
आने वाले कल में ये दो रोटियाँ
एटम के बम की पकाएँगे क्या
बारूद को सूँघ करके होंगे जवाँ
बोलो रेडियो एक्टिविटी खाएँगे क्या
अरे मिलता है प्यार यारा कर ले रे
मिलता दुलार यारा कर ले रे
हाथों में हाथ डाल
आँखों में आँख डाल
दिल में धमाल यारा कर ले रे...
बाहर को छोड़ वहाँ दंगा है
अंदर को छेड़ वहाँ पंगा है
मुस्का के बात बोल
ये ही है ज़ात बोल
तज दे मलाल यारा कर ले रे...

महानिर्वाण...

ये भगवानों की तक़रीर है

ये भगवानों की तक़रीर है और कुछ बड़ों की सीख
कि ये भोर का जो बखत है कि जैसे गंगा तीर
आहा क्या परम आनंद आता मीठी मीठी पीर
जैसे चिल्ड बीयर खैंचकर कोई खैंचे ठंडी खीर
हाँ ये बखत होता है ज़रा थोड़ा सा रिस्की सा
कि होता है बड़ा रिस्की...
हाँ ये बखत होता है ज़रा थोड़ा सा रिस्की सा
मगर गर उठ पड़ो तो है कि जैसे हॉफ व्हिस्की सा
कि जो भी ना पिए वो मिस करे और जो पिए गंभीर
साला ना उठे तो है हरामी जो उठे सो वीर
ये भगवानों की तक़रीर है...

उठ जा भाऊ

उठ जा भाऊ रे उठ जा साले भोर हो गई
अरे मुर्ग़ी भी अब बाँग मार के बोर हो गई
कि उठ जा भाऊ अरे नलके साले चले जाएँगे
और फिर पानी भर के क्या तेरे बाप लाएँगे
उठ जा भाऊ कि 'माँ का दीना' गाना आया
हाय रे सुर में गाली देने का मौसम लाया
उठ जा भाऊ दिल्ली में स्मोकिंग बैन हो गई
उठ जा भाऊ संसद में फिर माँ-भैन हो गई
उठ जा भाऊ उठ जा भाऊ उठ जा भाऊ उठ जा भाऊ साले
उठता है कि पिछवाड़े पे लात मार के खड़ा करूँ
यूँ सुबह सवेरे काहे पंगा करता है बे
जरा तू देख कि तेरी जोरू कैसे बन ठन के है खड़ी कि जिस पे
ख़ुदा क़सम चौथाई मुहल्ला मरता है बे
उठ जा भाऊ कि पाकिस्ताँ शरीफ़ हो गया
अरे इमरान ख़ान जैसा ज़ीरो पे बीट हो गया
उठ जा भाऊ कि घोटालों का सीज़न आया
और घोटालों में भी कैसा कम्पीटीसन आया
उठ जा भाऊ कि सुखी सवेरा निकल ना जाए
उठ जा इससे पहले कहीं मिनिस्ट्री बदल ना जाए

ठठरी बाँधो रे

ठठरी बाँधो रे बाँधो रे बाँधो रे बाँधो ठठरी बाँधो रे...
ठठरी बाँधो रे मनवा तो झूम झूम जाए ठठरी बाँधो रे
ठठरी बाँधो कलेजवा छलाँगें लगाए ठठरी बाँधो रे
ठठरी बाँधो कि बड़े दिनों में आया मौक़ा ऐसा भैया
कोई ना चूको ठठरी बाँधो रे
...हाय रे...हमको सिखा दो कैसे...बाँधे हो बाँके सैयाँ
हम भी सीखेंगे हाय हमने ना सीखी ठठरी बाँधो रे...
...हाय रे...कैसी सुहानी देखो...रंग-बिरंगी लगती
सर्कस के तंबू में लेटा हो जैसे
कोई जोकर ठठरी बाँधो रे...
...मम्मी हमको ये लगती...आइसक्रीम टूटी फ्रूटी
लिपटा हो जिस पे कोई
गॉडी सा रैपर ठठरी बाँधो रे...
एक पलट्टा मार
एक झपट्टा मार
एक पलट्टा सर के ऊपर
एक झपट्टा गर्दन नीचे
पैर घुमा दे बे...
पैर घुमा के हाथ मोड़ के घुटने अंदर कर दे
दे गुद्दी पे हाथ मिला के मुर्दा गर चूँ कर दे
ठठरी बाँधो रे...
सीने पे गाँठ लगा बे...वन टू थ्री
कर्रे करके हाथ लगा
कंधों को कर दे फ्री
नाक छोड़ दे अबे राँड़ के

गोबर है कि भेजा
नाक जो पकड़ेगा तो मुर्दा
साँस कहाँ से लेगा
ठठरी बाँधो रे...
ठठरी बाँधो कि पंडा तो ठुमका लगाए ठठरी बाँधो रे
ठठरी बाँधो मुहल्ला पटाखे चलाए ठठरी बाँधो रे
ओ ताऊ...
ओ ताऊ गंगाजल तो इसने तोड़ गिराया
और उसको चाट मुहल्लों के कुत्तों ने पुण्य कमाया
अरे कुत्ते तो साले सीधे ही बैकुंठ जाएँगे
और अपने भाऊ क्या लेटे लेटे झुनझुना बजाएँगे
अबे ले आ पास के नल्ले में से भर के ख़ाली बोतल
दो बूँदें टपका मुँह में और बोले दे 'जै गंगाजल'
ठठरी बाँधो रे...

हमारे क्या हाँ तुम्हारे क्या

हमारे क्या हाँ तुम्हारे क्या
अकेले हों या कि सारे क्या
अँधेरे हों या उजारे क्या
दुलारे हों किसी के प्यारे क्या
अँखियों के चाँद और तारे क्या...
ये सुर्ख़ी के रंग में ये बिछुए के संग में
ये जोड़ा है किसका राम जी
कहारों के काँधे पे दुल्हनिया जो लेटी है
ये डोला है किसका राम जी
ये सिसकियों की शरारत है
ये हिचकियों के लतीफ़े हैं
ये करवटों की थकानें तो
बस मरघटों के वज़ीफ़े हैं
ये ज़हर में बुझे हैं इशारे क्या
चिराग़ों की ओट में अलावों की चोट में
ये जोड़ा है किसका राम जी
समंदर की चीख़ में ये धरती की भीख में
ये डोला है किसका राम जी

हमने तो छोड़ा ये लतीफ़ा

हाँ ये बात करने का है यारो
अंदाज़ ऐसा ही
थोड़ा हम हँसें और आप हँस लो
जी में आए जी
हमने तो छोड़ा ये लतीफ़ा पर ना भूलें जी
मेहरबाँ हर लतीफ़े में छिपी एक अनकही तक़लीफ़
हाँ हम हँस दिए तो वो तो छोड़ो वो तो जग की रीत कि जब
एक बंदा है बिलखता लोग गाते गीत
हाँ ये गीत होता रंग बिरंगा और बदरंग भी
कि इसको ग़ौर से सुन लो तो आँखें जाएँ थोड़ी भीग
कि हाँ इस मुलुक में ब्याह हो या मौत हो या चीख़
होता जश्न हर इक बात पर अरे वाह यहाँ की रीत

अन्य...

हैमलेट कभी बॉम्बे नहीं गया

डेनमार्क के हालातों में लूपहोल था
कल्चर की थी लगी हुई
और चड्ढी सर पे झूल रही
और पाजामा था फटा हुआ टखनों के नीचे झाँके...
और उनके बीच में आया मैं बंदा
जो ये पूछे था मैं हैमलेट
मैं क्यों हूँ साला हैमलेट
अरे बना ही क्यों हूँ हैमलेट
अबे किसे ज़रूरत हैमलेट...
दो पैसे की भाजी मिलती है अस्सी में
कुत्ता होगा जो बोलेगा हाय री मेरी दैया
अरे लूट मची है हर कूचे में लूट लाट के भाग ले भैया
पकड़ा जाएगा बोलेगा ऊह...आह...आउच
शहर में उड़ते कौवे गद्दी पे बैठे नउए
राज करेंगे या काटेंगे बाल रे तेरे भइया
अरे गंजा होके चिल्लाएगा शीशा तुझ पे थूकेगा और
तू बोलेगा दादा भैया ऊह...आह...आउच
दो पैसे की भाजी...
पैं पैं पैं पैं
अफ़सर मारे छींकें पुलिस को हो गई खाँसी
टैक्स भरे जो रेगुलरली उसको हो गई फाँसी
हथियारों के लाइसेंस तो होते जाएँ महँगे
लोकसभा में बैठे सारे अंधे काणे भैंगे
ख़तम तभी ये होगी क्या ये इतनी लम्बी जर्नी
कि बन जाएगी प्राइम-मिनिस्टर जब ममता कुलकर्णी

पैं पैं पैं
फटा पजामा लेके घूमेगा गलियों में
मेरा हिंदुस्तान सँभाले गांधी की ये नैया
और शरमाई सी माँ बहनों के साथ बैठ के देखेगा तू
'बे-वॉच' और फिर बोलेगा ऊह...आउ...आउच
दो पैसे की भाजी...
पैं पैं पैं पैं
बहू कहे इठला के ओ फादर-इन-लॉ डार्लिंग
इतनी सी स्कर्ट पहन के कैसे कर लूँ जौगिंग
पंडित नेहरू कौन थे मम्मी याद है तो बतलाओ
गया भगत सिंह चूल्हे में भई टॉम क्रूज़ को लाओ
काश कि डैडी ट्राई कलर ये इतना डल ना होता
गोविंदा की कास्ट्यूम सा कलर कलर का होता
पैं पैं पैं
अपने घर में होते जो इतने सारे पंगे
उनको देखेगा बोलेगा होने दो रे भैया
और बिल क्लिंटन के साथ घूमती मोनिका या उसकी अम्माँ
उनको देखेगा बोलेगा ऊह...आह...आउच
दो पैसे की भाजी...
पैं पैं पैं पैं
स्टानिस्लेवॉस्की बोले...कि एक्टिंग कर ले आकर
'मेथड-मेथड' खेलेंगे भई लाइब्रेरी से लाकर
ब्रेख़्त तभी चिल्लाएँ क्या हूँ मैं उल्लू का पट्ठा
एलिनिएशन कौन करेगा बाप तेरा या चच्चा
भरत मुनि तब फुक्का फाड़े रोएँ घर को आकर
कि नाट्य-शास्त्र मैंने लिक्खा था तुझे माइंड में लाकर
पैं पैं पैं...
मुम्बई के ग्रोटोवस्की सर डेविड धवन ये बोले
कि पिछवाड़ा मटका दे एक्टिंग हो गई घर को होले
पूछा जो महेश भट्ट से सीन का मोटिवेशन
वो बोले चल बे जल्दी कर दे शिफ्ट की होती टेंशन
फिर सोचा कि वापस आकर कर लूँ मैं थियेटर
थियेटर बोले अब मुझमें नहीं एक्टिंग होती एक्टर

पैं पैं पैं
मैं दारू का पौआ अंटी में अटकाए
घूमूँ मंडी हाउस नाम के डेनमार्क में भैया
और फिर चिल्लाऊँ 'एवरीथिंग इज़ रौटन इन दिस डेनमार्क बे
हैत्तेरे की भैन दी टिक्की' ऊह...आह...आउच

रामप्रसाद बिस्मिल सन् 2003 (हमारे दौर में)

सरफ़रोशी की तमन्ना अब हमारे दिल में है
देखना है ज़ोर कितना बाजुएँ क़ातिल में है
वक़्त आने दे बता देंगे तुझे ऐ आसमाँ
हम अभी से क्या बताएँ क्या हमारे दिल में है
ओ रे बिस्मिल काश आते आज तुम हिंदोस्ताँ
देखते कि मुल्क सारा 'यू' टशन में थ्रिल में है
आज का लौंडा ये कहता हम तो बिस्मिल थक गए
अपनी आज़ादी तो भैया लौंडिया के तिल में है
देखना है ज़ोर...
आज के जलसे में बिस्मिल एक गूँगा गा रहा
और बहरों का वो रेला नाचता महफ़िल में है
हाथ की खादी बनाने का ज़माना लद गया
आज तो चड्ढी भी सिलती इंग्लिशों की मिल में है
देखना है ज़ोर...

सुन लो कहानी अरे देखो कहानी (हमारे दौर में)

सुन लो कहानी
अरे देखो कहानी...
चाँदी को कूटते सुनार भी देखो
लोहा तपाते लुहार भी देखो
पालकी उठाए कहार भी देखो
कपड़ा समेटे बुनकार भी देखो
मस्जिद की ऊँची दीवार भी देखो
मंदिर गुरुद्वारे बेक़रार भी देखो
हाकिम भी सिपहसालार भी देखो
दुश्मन भी देखो और यार भी देखो
ये जनता में फैले सैलाब की है
ये भूले हुए इंक़लाब की है
चंद लोगों के ख़ूनी दिमाग़ की है
आका लोगों के ओढ़े नक़ाब की है
ये दिल्ली गौहाटी पंजाब की है
भूखे बच्चों की आँखों की ताब की है
ये औरतों के उजड़े सुहाग की है
सर पे कुंडली को मारे काले नाग की है
दीवाली भी है और दीवाला भी
राशन की लाइन भी है लाला भी
मिर्चें भी ढेर हैं मसाला भी
ढेर सारी दाल दाल में काला भी

जावेद अख़्तर साहब को ससम्मान

कुछ ना कहो कुछ भी ना कहो
क्या कहना है क्या सुनना है
मुझको पता है तुमको पता है
समय का ये पल थम सा गया है
और इस पल में कोई नहीं है
बस एक मैं हूँ बस एक तुम हो
कुछ ना कहो कुछ भी ना कहो...
कहने की बातें बची ही कहाँ हैं साथी
जो भी बची हैं यहाँ हैं वहाँ हैं साथी
थोड़ी सी बिखरी हैं थोड़ी सी भटकी हैं साथी
थोड़ी चलन में हैं थोड़ी सी अटकी हैं साथी
ये बातें तो छोटी छोटी सी हैं
कहने को कह लो तो मोटी मोटी सी हैं
मासूम हैं कुछ घोंटी घोंटी सी हैं
फिर बिलबिला के रोती रोती सी हैं
फिर खिलखिला के हँसती भी हैं तो
ऐसे कि तक़लीफ़ में हों
रोने ना देना तुम इनको साथी
कहने दो कहना है जिनको साथी
सीने से चिपका के इनको पकड़ लो
होंठों पे चुम्बन दे करके जकड़ लो
सब कुछ कहो अब चुप ना रहो
ऐसे कहना है या वैसे कहना है
छोड़ो ये झगड़ा ये तो रहना है

सुर हैं पुराने तो क्या बुरा है
अंदाज़ कहने का तो कुछ नया है
धुन तो वही हो जो सबको पता है
सब कुछ कहो अब चुप ना रहो...

मेरी इन खुली बाँहों ने (मीडिया)

मेरी इन खुली बाँहों ने साँसों की भीड़ों को पैदा किया
वो साये हों या कि साथी हों सबको इकट्ठा ही समा लिया
मैंने जो थपकी लगाई पहाड़ों के आँसू भी खो गए
संझा को भूले मुसाफ़िर थकानों को भूले सो गए
पंछी के कलरव की आवाज़ें सरगम की धुन लेके गा पड़ीं
मुस्का दी चिड़िया रोते हुए चूज़े चुप कर भले हो गए...
मैंने जो कभी चुंबन लिया हवा की गर्मी को पीकर लिया
मैंने जो कभी चुम्बन दिया हवा में ख़ुशबू को देकर दिया
मेरी इन...

वो दिन भी क्या दिन थे (मीडिया)

वो दिन भी क्या दिन थे
जब मैं रातों का चाँद थी
और हर महफ़िल की जान थी
और दिल मेरा था आईना
जिसके अंदर बसते थे...
एक इमारत दो कमरे
और एक खुला सा आँगन
जिसके अंदर लहराया करते
ढेरों गुलाब के पौधे...
मैं फूलों की डाल थी
चौबीस घंटे की ताल थी
मैं डरती किससे भला
मेरी लहराती चाल पे मेरी
चिकनी चिकनी खाल पे ऊपर
से बल खाते बाल पे
मिटने वालों की तादाद थी थोड़ी
सी औरों से ज़्यादा...

सो जा सो जा भोले मनवा (मच ऐडू एबाउट नौटंकी)

सो जा सो जा भोले मनवा
चाँद से सँदेसा आया
रात मीठी बन के आई
साथ में दुआएँ लाई
दिन के झगड़ों में तपता मन
चाँदनी का ले के दामन
कल सुबह उम्मीदों के संग
फिर उठेगा ले के दर्पन
बस अभी तो सो जा रे मन
सबको भूले सो जा सो जा
सो जा सो जा सो जा...
सो जा सो जा भोले मनवा
आँसुओं को भूले सो जा
आँख में सवेरा ले के
सपनों में तू झूले सो जा
सो जा कि जगत में नींदें
आजकल तो कम मिलती हैं
होंठ की दबी मुस्कानें
आजकल तो कम खिलती हैं
बस अभी तो सो जा रे मन
सबको भूले सो जा सो जा
सो जा सो जा सो जा...

मुल्क की ले ली भइया पार्ट थ्री (ऑपरेशन थ्री स्टार)

इक बार गधी ने पूछा कि ओ गधे इश्क़ करता है?
मैं जानूँ पक्का तू मुझको घूरे मुझ पे मरता है
तो गधे की तो भई खुली लॉटरी बोला मेरी जानम
तू एक हुकुम दे क़दमों में तेरे मर जाऊँ हर दम
तो गधी ये बोली नहीं मैं पहले बायोडाटा लूँगी
मैं थॉट करूँगी उस पर तब ही लाइन क्लीयर मैं दूँगी
तो गधा ये बोला बायोडाटा तो मेरा है ऐसा
कि फट जाए अरे बड़े बड़ों की एटम बम के जैसा
मैं चरता पाया जाता हूँ हाँ मैदानों के अंदर
और साथ पार्लियामेंट की हर इक सीट पे बैठा ऊपर
आई.ए.एस. भी मैं हूँ आज का आई.पी.एस. भी मैं हूँ
और देश चलाते उन मदारियों का सर्कस भी मैं हूँ
यूनाइटेड मैं फ्रंट बनाता और गधों को लेकर
फिर झाड़ दुलत्ती झगड़ा करता आपस में रो रोकर
मैं हर दूजे दिन नई पार्टी को डिक्लेयर करता
पर बाई गॉड कॉन्सीट्यूशन की क़सम मैं तुझ पे मरता
तो गधी ने दी इक ब्रॉड स्माइल और बोली यूँ बल खाकर
कि हनीमून मनवाएँगे इंडिया गेट पे जाकर
उन मरे जवानों को देंगे सैल्यूट कि जो बस कट गए
जो आँख मूँद नब्बे करोड़ की आबादी से घट गए
फिर मैं कट लूँगी हाय कमानी ऑडिटोरियम को बस
और तू कट लेना राष्ट्रपति के भवन राजपथ होकर
और हेल्थ की थोड़ी सोच जरा तू कैलोरी तो ले आ
पच्चास साल आज़ादी की अरे मैमोरी तो ले आ
मुल्क की ले ली भइया बात अलबेली भइया
लो देखो नैशनैलिटी चीख़ती मर गई दइया...

हमने तो पब्लिक की ख़ातिर (ऑपरेशन थ्री स्टार)

हमने तो पब्लिक की ख़ातिर रूल बनाए इतने
माइंड लगाया टाइम लगाया अकल भिड़ाए इतने
इतना थक गए कि पूछो मत क्या क्या हमको हुआ
दिल्ली के पोल्यूशन जितना निकला सर से धुआँ
दो बोतल ऑक्सीजन ले ली फिर भी कुछ ना होता
पब्लिक की ऐसी की तैसी जिस्म हमारा रोता
फिर हमने सोचा कि ले लें रेस्ट कहीं पे जाकर
दो अद्धे व्हिस्की के मारे नींद की गोली खाकर
...ओ सर जी उठ जाओ जी, ओ सर जी टाइम हो गया
अरे देखो दिल्ली में क्राइम ही क्राइम हो गया...
क्राइम की ऐसी की तैसी ये प्राइवेट लाइफ हमारी
इनकम टैक्स को क्यों दे ब्योरा कितनी वाइफ हमारी
सिटी बैंक या स्विस बैंक में कितने डॉलर हमरे
बड़े हमारे पॉश आश्रम में कितने हैं कमरे
हिरोशिमा में बम फट जाए या फट जाए बरेली
हमने तो पूरी पैकिट है स्लीपिंग पिल्स की ले ली
पब्लिक साली को मरने दो काटे अपनी करनी
हमको सोने दो सपने में है ममता कुलकर्णी
...ओ सर जी उठ जाओ जी, ओ सर जी वार हो गई
शहर में रेप केस की, अरे भरमार हो गई...

यारो देखो ज़िंदगी में (ऑपरेशन थ्री स्टार)

यारो देखो ज़िंदगी में ऐसा होता है
जैसा होता है वो तो बस वैसा होता है
एक इंसाँ साँस लेके कहता होता है
मैं हूँ ज़िंदा देखो ज़िंदा ऐसा होता है
बोलती है सारी आबादी भी पीछे से
हम भी ज़िंदा हम भी ज़िंदा हम भी लें साँसें
और तब तो ज़िंदगी खुद बोल पड़ती है
तुम जो हो ज़िंदा तो मुर्दा कैसा होता है...
तो यारो ज़िंदगी को तुम
थोड़ा धीरे से हाँकना
ये तो गहरा गड्ढा है
थोड़ा डर डर के झाँकना
वरना तो घूम घूम के
गोते खाते जाओगे
आए थे हँसते हँसते
रोते रोते जाओगे
और फिर भी ना मालूम पड़ पाएगा राज़ छुपा था क्या उसमें
तो सुन लो यारो
थोड़ा धीरे से भागना
देखो तो बीच राह में
पड़ जाए नहीं हाँफना
तो यारो ज़िंदगी को तुम
थोड़ा धीरे से हाँकना...

ये प्यार तो होता है ऐसा लफ़्ज़ (औरत भली रामकली)

ये प्यार तो होता है ऐसा लफ़्ज़ मेरे दोस्तो
कि हर घड़ी में...
और हर सदी में...
कि हर घड़ी और हर सदी हर बार होता है
आबादी के साए में बिखरे सैकड़ों इनसान की
हर भूख को...
हर प्यास को...
हर भूखे-प्यासों को कुचल सौ बार होता है
पर मायने हैं इसके क्या ये जानता है ना कोई
ये पेट की आँतों से भी बढ़कर चला जाता कहीं
कुछ लोग बोलें, ज़हर है
कुछ लोग बोलें, क़हर है
कुछ लोग बोलें ये नशा है पर सिरफ़ उनके लिए
कि पेट पे जिनके नहीं रक्खी बरफ़ उनके लिए
कुछ लोग बोलें ये सिरफ़ हैवान की करतूत है
ये चंद अल्फाज़ों की मर्ज़ी है ग़लत है झूठ है
पर फिर भी हो जाता है इसका क्या करें ऐ यार हम
गर ये है धोखा तो भी ये हर बार होता है
ये प्यार तो होता है...

मैं सच बोलूँ तो पानी चाहिए (औरत भली रामकली)

मैं सच बोलूँ तो पानी चाहिए
बूँदें बेमानी चाहिए
इंसाँ समंदर अपना खोल दो...
इक झीनी झीनी, बानी चाहिए
इक लोरी इनसानी चाहिए
इंसाँ समंदर अपना खोल दो...
कुछ छींटों की नादानी चाहिए
इक भोली सी बेईमानी चाहिए
इंसाँ समंदर अपना खोल दो...
भीगे लफ़्ज़ों के मानी चाहिए
कुछ बूँदें दीवानी चाहिए
इंसाँ समंदर अपना खोल दो...

मैं जाना चाहती हूँ (औरत भली रामकली)

मैं जाना चाहती हूँ आँखें मूँदे
मैं जाना चाहती हूँ
मैं जाना चाहती हूँ, साँसें घोंटे
मैं जाना चाहती हूँ
मैं जाना चाहती हूँ उस डगर
अंधा है बहरा है जहाँ सफ़र
मैं जाना चाहती हूँ तूफ़ान रोके सीने में अपने
होगा जो हो भी जाने दो उसे अब...
मैं जाना चाहती हूँ धड़कन दबोचे नाख़ूनों में अपने
जाने भी दो ना रोको अभी अब...

होटल का किराया (औरत भली रामकली)

होटल का किराया यही इनवेस्ट कर लेंगे
ऊपर के एकाउंट में एडजेस्ट कर लेंगे
कि कलियुग यहीं मिटेगा
कि सतयुग यहीं उठेगा
तीनों गॉड बोले
बाई गॉड ये बोले
होटल का किराया...
कि हमको मिल गई है
इस धरती पे कोई
जो सीता सी सच्ची
वर्जिन मेरी सी भोली
थर्ल्ड वर्ल्ड वार की तो
टेंशन ख़तम हो गई
एटॉमिक वैपन की तो
मेंशन ख़तम हो गई
कि अब तो हम भी थोड़ा अप्सराओं से करेंगे डेट
और व्हिस्की में सोडा डाल करके रेस्ट कर लेंगे
होटल का किराया...

ओ स्वप्न सुंदरी (माधवी)

औ स्वप्न सुंदरी देखो ज़रा
दर पे तुम्हारे है यौवन खड़ा
आँखों की सुरमई लजाई सी धुन में
तारों के रंगों का मुखड़ा सजा...
झूमर की थिरकन पे थिरको यहीं
इतरा के दर्पन में झूलो कहीं
अलसाई साँसों से कह दो उठा ले
सतरंगी डोली का पर्दा ज़रा...
ओ स्वप्न सुंदरी...

ये भावना (माधवी)

ये भावना ये कामना
ये दुर्बुद्धि का दान है
जो धर्म है धर्मज्ञ है
बस वो ही तो महान है
जो धर्मबुद्ध जो वचनबद्ध
उसका ऊँचा स्थान है
जो दान है जो पुण्य है
वो ही कुल का अभिमान है
जो मात्र भावना में उलझा
वो मामूली इनसान है
अरे वचन रहे जिसका ऊँचा
बस वो ही तो भगवान है

देख लो दानी (माधवी)

देख लो दानी महादानी तुम्हारे वास्ते मैं
क्या क्या चीज़ें कैसे कैसे छोड़ आई हूँ
दूध से भीगा हुआ मुझको बुलाता मेरा आँचल
दिल का टुकड़ा रोते सहते छोड़ आई हूँ...
लो तुम्हारे सामने फिर से खड़ी हूँ चिरकुमारी
बन के वैसे ही कभी पहले मैं जैसी थी
और तुमको क्या बताऊँ मैं स्वयं को काल के
उस चिर स्वयंवर में ही बहते छोड़ आई हूँ

जाओ रे गालव (माधवी)

जाओ रे गालव मुक्त होकर
गर्व से भरकर
ये दक्षिणा पूरी हुई
अब किस दिशा का डर...
अब तो खुला आकाश है
यशगान भी तो पास है
अब कोई उँगली न उठाएगा
तुम्हारी बात पर...

ओ अश्वमेधी घोड़े (माधवी)

ओ अश्वमेधी घोड़े
तुम तो तेज़ इतना दौड़े कि
नारी की मर्यादा को संग में ले गए...
कोई तो रोता रह गया
और कोई हँसता ही गया
तुम छोड़ परवाह बस गए ऐसे गए...
तुमको तो थी परवाह
मनुपुत्रों की थी चिंता
मनुपुत्री को भूले बस कि भूले रह गए...
एक के सम्मान में
दूजे का जो अपमान हो
तो क्या करे कोई
ये हँस के कह गए...
ओ अश्वमेधी घोड़े...

साधु बाबा (जंगल-बुक से आगे)

अलख अलख
इट्स अलख निरंजन...
ओ माई गॉड ओ माई गॉड
यू आर टू वी आर फ्रॉड
हमको इतनी शक्ति दे
ऐसी डैंजर डैंजर भक्ति दे
इस फैटी फैटी पौंच को लेके
तेरे सामने झुककर बोलें
अलख अलख
इट्स अलख निरंजन...
हमको सारी राइट्स दे
हमसे न कोई फाइट ले
इक कंस्ट्रक्शन की साइट दे
और फ़्यूचर इतना ब्राइट दे
इस फैटी फैटी पौंच को लेके
तेरे सामने झुककर बोले
अलख अलख
इट्स अलख निरंजन...
हम सबसे सुप्रीम हैं
हम सबसे एक्सट्रीम हैं
हमसे जो टकराएगा
वो भस्म वहीं हो जाएगा
हमसे जो उलझेगा तो वो
भन्न कहीं खो जाएगा
हमको ना प्रोवोक करो

ना अपनी गर्दन चोक करो
हमको तो लॉर्ड बस पावर दे
अपनी मर्सी का शॉवर दे
इस फैटी फैटी पौंच को लेके
तेरे सामने झुककर बोलें
अलख अलख
इट्स अलख निरंजन...

कोठी वाला बच्चा (जंगल-बुक से आगे)

हैल्लो ममी हैलो पापा
आपको ये बोला जाता
हम होते हैं ज़ोर ज़ोर से बोर...
पापा जाते पार्टी में
दादी जाती आरती में
मम्मी सारी बैठी रहतीं
होटल मैक कार्टी में
हम होते हैं ज़ोर ज़ोर से बोर...

ईडियट पुलिस वाला (जंगल-बुक से आगे)

मैं भिंडी का बच्चा
आधा पक्का आधा कच्चा
क्यों हूँ ज़िंदा...
मुझको बतला दो जिससे कि मैं
हो जाऊँ सैटिसफाइड
ओ दिल्ली गाईड
मेरी खो गई है साइड
मुझे ना हो जाए टाइफाइड...
अरे मैं ठंड में जमता रहता जैसे
आइसक्रीम का कोन
अरे मैं हरदम रोता रहता जब भी
कड़के टेलीफोन
जैसे बगड़ गई हो टोन
जैसे खड़के पॉपकोर्न
मेरा धड़क रहा है हार्ट
कि जैसे पैसेंजर का इंजन हो
और फड़क रही है आँख
कि जैसे महरौली में टेंशन हो
अरे मेरी हालत अब तो सीधे
प्रेसीडेंट को मेंशन हो।

□□□